SIGA NAS REDES SOCIAIS:

- @editoraexcelsior
- @editoraexcelsior
- @edexcelsior
- @editoraexcelsior

editoraexcelsior.com.br

© 2023 MARVEL. All rights reserved.
Thor: Love and Thunder

Todos os direitos de tradução reservados e protegidos pela Lei 9.610 de 19/02/1998. Nenhuma parte desta publicação, sem autorização prévia por escrito da editora, poderá ser reproduzida ou transmitida sejam quais forem os meios empregados: eletrônicos, mecânicos, fotográficos, gravação ou quaisquer outros.

EXCELSIOR — BOOK ONE
TRADUÇÃO *Dante Luiz*
PREPARAÇÃO *Rafael Bisoffi*
REVISÃO *Silvia Yumi FK e Tainá Fabrin*
ARTE E CAPA *Francine C. Silva*
DIAGRAMAÇÃO *Renato Klisman*
TIPOGRAFIA *Adobe Caslon Pro*
IMPRESSÃO *Coan Gráfica*

Dados Internacionais de Catalogação na Publicação (CIP)
Angélica Ilacqua CRB-8/7057

L76t	Liu, Cynthea Thor : amor e trovão / Cynthea Liu ; tradução de Dante Luiz. — São Paulo : Excelsior, 2023. 144 p.
	ISBN 978-65-80448-86-9 Título original: *Thor: Love and Thunder full retelling*
	1. Ficção norte-americana 2. Thor – Personagem fictício I. Título II. Luiz, Dante
23-4023	CDD 813

PRÓLOGO

Sob o sol escaldante, Gorr carregava a filha pequena por um vasto deserto de terra ressequida. As sombras dos dois se esticavam pela superfície, sem ninguém para fazer companhia. As roupas esfarrapadas praticamente não ofereciam proteção contra os raios do sol ou o vento que levantava poeira em todas as direções. Sedento e faminto, Gorr sabia que não conseguiria continuar por muito tempo.

Pararam para descansar perto de um grupo de rochedos. Enquanto a filha de Gorr desenhava, nas pedras, uma oferenda para a deidade deles, Gorr sussurrava para o Deus do Sol:

— Ó, grande e poderoso Rapu, oramos por água e sustento — ele ergueu um medalhão que pendia de seu pescoço. — Oro não por mim, mas por minha filha.

Gorr se refugiou ao lado de um rochedo e protegeu, com os braços, a menina da ventania. Horas se passaram e, quando o vendaval diminuiu, sua filha olhou para cima e tocou no rosto do pai. A pele esfolada e os lábios rachados contavam a história do sofrimento de ambos.

— Estou cansada — sussurrou ela, fechando os olhos.

Gorr beijou a testa da filha e chorou.

Mais tempo se passou, e Gorr estava deitado, em luto, com um braço ao redor de um monte de areia — a sepultura de sua filha. Logo, o vento carregou sussurros de vozes místicas e distantes. *Você sofreu*, elas diziam. *Venha até mim.*

Gorr despertou. *Você sofreu.* Ele se sentou e perscrutou o horizonte, à procura das vozes. Não viu nada além de uma nuvem densa de poeira rodopiando diante dele.

As vozes falaram novamente. *Você sofreu.*

Ele ficou de pé e seguiu os sussurros através do deserto, até uma floresta suntuosa aparecer mais à frente, como um farol na areia.

Gorr apressou o passo e, quando entrou no oásis, foi envolvido pelo balbucio de um riacho e os sons de inúmeros animais silvestres. O ar estava frio e, ao mergulhar, notou que a água estava mais fria ainda. Quanto tempo passara sem ele tomar uma única gota? Agora, nadava na água. Tirou a cabeça dela e ofegou, aliviado. Saciada a sede, rastejou até a ribanceira coberta de musgo. De repente, algo afiado cortou a mão de Gorr.

Havia uma espada de obsidiana abandonada na grama. Enquanto Gorr observava o corte em sua palma desaparecer de forma quase instantânea, algo chamou sua atenção. Uma pilha de frutas mais à frente! Engatinhando, apressou-se a ir até a comida e pegar um melão. Ele deu uma mordida ávida, como se nunca fosse comer novamente.

— Ah! O que temos aqui? — O Deus Sol, rotundo e de barba, repousava em meio à vegetação, ao lado de um tronco caído. — Veja só essa coisinha. Devorando todas as minhas frutas.

Gorr fez uma pausa. Quando se deu conta de quem se encontrava à sua frente, ergueu uma mão em direção ao deus.

— Rapu — fez uma reverência. — Portador da Luz.

— Ah, é um dos meus — disse Rapu, indiferente, para os outros deuses.

No meio da mata, os Deuses das Flores e o Deus da Galhada riram.

— Meu nome é Gorr — disse —, o último de seus discípulos. Perdemos tudo, meu senhor. A terra está seca. A vida se foi. Mas nossa fé nunca fraquejou, e agora aguardamos a promessa… da recompensa eterna — sorriu, esperançoso. — É por isso que está celebrando?

Rapu deu uma gargalhada estrondosa, gesticulando em direção a Gorr com um pedaço de fruta.

— Ele acha que existe uma recompensa eterna!

Os outros deram risadinhas.

— Não, não, sinto muito — disse Rapu. — Não há nenhuma recompensa eterna para você, cachorro! — Ele jogou a fruta para Gorr como se ele fosse um animal. — O que estamos celebrando é vitória recente. Acabamos de destruir o portador da Necroespada antes de ele poder ferir outros deuses com aquela lâmina amaldiçoada. Ele ameaçou acabar com meu império inteiro.

Gorr olhou para o local onde a lâmina estivera. *Império?* O corpo escorregadio de um deus massacrado, da cor do ébano, estava na grama ao seu lado.

— Mas, meu senhor — disse Gorr, confuso. — Seu império já terminou. Não há mais ninguém para adorá-lo.

— Outros seguidores vão substituí-los — disse Rapu. — Eles sempre aparecem.

— Nós sofremos — disse Gorr, esticando uma mão na direção dele. — Nós *passamos fome.* — Pensou na filha em seus braços e chorou. — Minha filha morreu… em seu nome.

— Bem, é como deveria ser mesmo — respondeu Rapu.
— Sofrer pelo seu deus é seu único propósito. Não há nada depois da morte. Além da morte.

Morte? Gorr encarou Rapu, enojado.

— Você não é um deus! — Ele arrancou o medalhão do pescoço. — Eu o renuncio.

De imediato, Rapu agarrou Gorr pela garganta. O Deus do Sol tinha pelo menos o dobro do tamanho de Gorr. Ele ergueu o ex-discípulo do chão.

Gorr pendeu, ofegante e impotente.

Rapu apertou-o com mais força.

— Agora sua vida insignificante enfim vai ter um propósito. Que é se sacrificar por mim.

Então, as vozes chamaram Gorr mais uma vez. *Se procura por vingança... mate todos os deuses. Vá para a Eternidade.*

A Necroespada elevou-se da grama e foi para a mão de Gorr enquanto ele lutava para respirar. Seus olhos viraram para trás.

Se procura por vingança... Invoque a Bifrost.

Gorr começou a perder a consciência. Várias imagens passavam por sua mente.

Vá para a Eternidade.

Viu a ponte feita de luzes da cor do arco-íris, que conectava um reino ao outro, e a distintiva marca circular da Bifrost. Um ser cósmico feito de escuridão e luz astrais se escondeu nas sombras.

Mate os deuses, as vozes repetiram. *Mate os deuses.*

Gorr sabia seu propósito, e não era sofrer ou morrer.

Ele pegou a Necroespada e perfurou a garganta do Deus do Sol com a lâmina.

Rapu arregalou os olhos. Sua respiração chiou através da ferida aberta. Ele soltou Gorr e desmoronou, caindo de joelhos.

Agora o Deus do Sol estava ajoelhado diante de Gorr.

Os outros deuses guincharam e se esconderam. Vários desapareceram em um farfalhar de pétalas caídas.

Sangue dourado escorreu do pescoço de Rapu.

— A espada escolheu você — esganiçou. — Agora está amaldiçoado.

Gorr observou os próprios braços. As queimaduras sumiram conforme sua pele ressequida era curada, deixando as cicatrizes, mas perdendo toda a cor.

— Engraçado. — As veias sob sua pele se tornaram pretas. — Não parece uma maldição. — Ele removeu a espada do pescoço de Rapu. — Parece uma promessa.

E ele gostava bastante dela.

Gorr ergueu a espada acima da cabeça do Deus do Sol.

— Então, faço aqui meu juramento... — Admirou a espada sob a luz, e então encarou Rapu. —... Todos os deuses morrerão.

A Necroespada cortou o ar.

E, assim, este foi o fim de Rapu.

Mas e o de Gorr?

Não estava nem perto.

Fizera uma promessa e pretendia cumpri-la.

CAPÍTULO I

— Venham, se aproximem — disse Korg, enquanto as crianças indigarrianas iam para seus lugares na caverna, ao redor de uma fogueira aconchegante. No fundo, fogos queimavam e colunas de fumaça erguiam-se da terra. — Ouçam a lenda de um viking espacial, ou o Deus do Trovão, ou Thor Odinson…

Korg divertiu as crianças com a história, começando quando Thor era um bebê, criado como um guerreiro. Thor aprendera a ajudar em batalhas, lutando para o bem daqueles que não sabem lutar bem. Com os anos, ele cresceu, e cresceu, e cresceu. Na vida adulta, era sensível como um sorriso, e sua natureza amorosa não discriminava ninguém. Apaixonou-se várias vezes, mas seu verdadeiro amor era uma mulher da Terra chamada Jane Foster. Infelizmente, na batalha do amor, Thor perdeu. Na verdade, perdia muita gente hoje em dia, inclusive sua mãe, Frigga; seu pai, Odin; os Três Guerreiros; Heimdall, aquele que tudo sabe, que tudo vê; e seu irmão trapaceiro, Loki.

E seu irmão, Loki, mais uma vez.

E outra.

O pobre Thor teve que ver a explosão de seu planeta, e parecia que tinha perdido tudo e a todos aqueles que amava, então escondeu seu coração, para ele nunca mais ser partido.

— Mas só porque Thor parou de amar — explicou Korg —, não significava que ele havia parado de lutar.

Thor se juntou aos Guardiões da Galáxia e se preparou para algumas aventuras clássicas no estilo Thor. Voltou a ficar em forma, fez esforço, suou, malhou, e nunca pulou os treinos de perna. Passou de um corpão de pai a um corpão de deus. Mas, sob o corpão de deus, ainda existia um corpão tristão tentando escapar. Thor não conseguia esconder a dor que sentia por dentro.

Então Thor desistiu de procurar o amor, aceitando que só era bom em uma coisa: esperar, contemplando em silêncio, até alguém dizer...

— Thor, ajuda a gente vencer esta batalha. — Essas foram as palavras de Peter Quill, líder dos Guardiões da Galáxia que, junto com sua companheira guardiã Mantis, fora em busca de Thor.

— Vambora — disse Peter.

Vestindo um robe de meditação, Thor estivera sentado no topo de um monte, na sombra de uma árvore solitária. Ele olhou para os Guardiões e ficou de pé.

Chegou a hora. O mundo precisava dele.

— Vamos, Rompe-Tormentas. — Ele desarraigou seu martelo de batalha da terra ao seu lado. — De volta ao trabalho. — Colocou as pernas ao redor do cabo do Rompe-Tormentas como uma bruxa montada na vassoura. — Precisamos correr, tudo bem? Tem gente morrendo. Nos vemos lá embaixo. — Saiu decolando.

Peter e Mantis o observaram voar.

— Se apressem! — disse Thor, passando por eles.

A próxima aventura do viking espacial foi uma batalha que não esqueceria tão cedo. A terra indigarriana estava sitiada por hordas booskanianas, bandidos aviários e cheios de plumas. Drax e Nebulosa já estavam disparando laser contra os invasores no chão, enquanto o líder booskaniano com cara de coruja jogava granadas do topo de uma torre de cristal a distância.

Em seu bunker, perto de umas pedras, Rocket pegou os binóculos que Groot tinha na boca.

— Me dá isso aí! — disse Rocket. — Você vai quebrar eles. — Ele puxou com força e soltou os binóculos.

— Eu sou Groot! — respondeu Groot.

Na verdade, era a única coisa que ele sabia dizer.

— Argh! — Rocket fez cara feia. — Você encheu de seiva!

Thor passou pelos destroços, ainda vestindo o mesmo traje. Arbustos em chamas e rochas sulcadas entulhavam o campo de batalha. Pulsos laser vindos do lado inimigo passavam ao redor dele. Era só mais um dia de trabalho como qualquer outro.

— Oi, gente — Thor sorriu.

— Ora, ora — disse Rocket —, olha quem chegou.

— Como estão as coisas, pessoal? — Thor perguntou quando Peter passou correndo.

— Horríveis! — disse Drax ali perto.

Thor analisou a magnífica torre de vidro à distância: o Templo Sagrado Yakan. *Ótimo.* Ele ainda estava de pé sem nenhum arranhão.

Drax se inclinou contra um rochedo, usando-o como esconderijo.

— Estamos prestes a morrer.

Rocket marchou pela devastação, segurando o canhão laser.

— Você disse que este planeta seria um feriado relaxante.

— Eu falei que seria igual um feriadão relaxante — corrigiu Thor. — Só olha para esse céu resplandecente, três sóis de Saturno. O que poderia ser mais relaxante que isso?

— Um feriadão de verdade! — reclamou Rocket, disparando mais uma rajada.

Peter preparou-se para outro ataque.

— Morre, escória booskaniana! — Ele disparou laser das pistolas de pulso que tinha em cada mão, e acertou os alvos.

Sinos badalaram atrás de Thor.

Ele se virou. O líder indigarriano azul acabava de chegar com seu séquito tribal.

Thor abriu outro sorriso vitorioso.

— Rei Yakan.

— Você finalmente se juntou à nossa luta — disse o rei.

— Bom, sabe como dizem por aí, é melhor tarde do que nunca.

— Sim — concordou o Rei Yakan. — Isso é muito bom. Como já sabe, nós costumávamos viver em um oásis pacífico. Mas nossos deuses foram mortos..

O sorriso sumiu da face de Thor.

— Mortos?

— E, agora, nosso templo sagrado ficou desamparado e as hordas de Habooska tomaram controle do poder. É nosso santuário mais sagrado, e ele… ele o profana.

— Eu cuidarei disso.

— Ah! — disse o Rei Yakan, assentindo. Eram as palavras que ele queria ouvir.

— Rei Yakan, conte a eles tudo que aconteceu aqui hoje — Thor se virou e escalou um aflorado de rochas. Era hora de fazer um discurso. — Conte da vez em que Thor e seu grupo de aventureiros desgarrados e totalmente desajustados virou a maré da batalha e entalhou seus nomes nos livros de história.

Peter olhou para Thor. *Desgarrados? Desajustados?*

— A sorte pode não estar ao seu favor — continuou Thor —, mas eu digo isto de graça.

— Lá vem — Peter resmungou sozinho.

Thor abriu bem os braços cobertos pelo robe. Um pulso laser vindo dos inimigos queimou uma de suas mangas e abriu um buraco.

— Isto. Termina. Aqui. E agora!

Thor desvencilhou-se do robe; a atmosfera estava saturada com o som das explosões. Lá estava ele, como deveria ser: alto, orgulhoso, os bíceps duros como as rochas ao seu redor, exibidos por uma regata e um colete vermelho de couro. Não podemos esquecer os jeans justos como o de um roqueiro, para combinar.

Rei Yakan soltou um "oooh" impressionado.

Thor ergueu uma mão para o céu e o Rompe-Tormentas voou para a mão do herói extremamente estiloso. Thor lançou o machado no ar, e seus olhos brilharam, branco-azulados, com o poder divino asgardiano. Centelhas de raios desceram dos céus e foram canalizadas pelo machado, um espetáculo eletrizante de poder por todo lado.

Hora de arra-trovão-sar!

Os inimigos de Thor o viram de longe. Saqueadores com roupas de couro e correntes aceleraram nos moto-jatos, que pareciam uma mistura entre uma motocicleta e um jato individual. Os booskanianos dispararam mais e mais rajadas de laser contra Thor, que deu um salto-mortal e caiu perfeitamente no chão. Ele foi bem tranquilo em direção ao templo e acabou com vários saqueadores irritantes com estocadas de seu machado de batalha. Depois, deu um pulo no ar, brandindo o Rompe-Tormentas acima de si, e no fundo via-se o lindo pôr de sol indigarriano. Naquele momento, parecia que o tempo havia parado para que todos pudessem ver Thor em toda sua glória, um segundo antes dele cair matando em um booskaniano *com força*.

Rei Yakan riu, contente. Talvez tudo fosse ficar bem.

A próxima moto-jato a voar contra Thor foi tão mal quanto as outras. Thor agarrou a máquina com as mãos e a arremessou sobre o ombro como se não fosse nada além de um pano de prato sujo (e Thor não gostava de lavar a louça).

O Rei Yakan e seu séquito se abaixaram quando a moto-jato e seu motorista passaram por cima de suas cabeças.

Mas a batalha não havia acabado. Dúzias e dúzias de saqueadores avançavam contra Thor. Drax e Nebulosa observavam, se perguntando se Thor precisaria deles.

Thor agarrou o Rompe-Tormentas com as duas mãos. O som sibilante provindo de Thor energizando o machado ficou mais alto conforme o trovão retumbava ao redor deles. No momento certo, Thor lançou o Rompe-Tormentas como um disco. Centelhas de raios surgiram do machado e ricochetearam contra uma frota inteira de booskanianos voadores. Eles todos caíram como pequenas — mas grandiosas — bolas de fogo.

Ainda assim, havia dois outros jatos, avançando contra Thor de lados opostos. Thor sabia o que fazer. Ele olhou para frente enquanto os jatos se aproximavam de ambos os lados, e bem quando eles estavam prestes a bater contra ele, Thor abriu um espacate aéreo. Segurou as moto-jatos com cada pé, suspenso no céu como se estivesse lidando apenas com uma pequena inconveniência.

Os dois jatos pareciam incapazes de esmagar Thor por conta da força incrível de seus quadríceps e tendões impressionantemente delineados. Os booskanianos aceleraram os motores, mas foi em vão. Thor aguardou até estar pronto e bem. Peter virou os olhos enquanto Drax se perguntava por que Thor estava demorando tanto.

Thor olhou para os olhinhos de seus dois agressores enquanto eles berravam, com seus bicos retorcidos, xingamentos em idioma booskaniano. Thor rugiu, e pulou para cima. Os jatos bateram um contra o outro.

Thor aterrissou de pé, a tempo de dar um chute circular voador contra um tanque inimigo cem vezes maior que ele. O tanque rolou como se fosse um carrinho de brinquedo.

O Rompe-Tormentas voltou à mão de Thor. Tinha mais coisas a fazer. Habooska, o Horrível, e um bando de seus homens pássaros continuavam lançando granadas do alto do templo.

Rei Yakan olhou para seu séquito, nervoso.

— Ele não vai entrar no templo, vai?

O povo de Yakan sacudiu a cabeça, mas estavam enganados.

Thor disparou tão rápido que o rei só conseguiu ver um feixe de luz indo em direção à entrada do templo. A luz passou pelo centro do templo ao som de cristal quebrando, conforme Thor quebrava todo o chão e as paredes para alcançar o inimigo.

Rei Yakan gemeu, com desânimo.

Thor saiu do templo tão rápido quanto a rolha de uma garrafa, trazendo consigo Habooska e seu bando de passarinhos junto. Então, Thor desceu do céu e pousou exatamente onde queria: sobre o aflorado de rochas diante do Rei Yakan.

Todos comemoraram.

— Bom trabalho, pessoal — disse Thor. — Podemos levar crédito coletivo por isso, já que fizemos trabalho em equipe.

Drax e Nebulosa se entreolharam, perguntando-se o que haviam feito para ajudar.

Thor continuou:

— Usamos nossos corações e nossas mentes para derrotar o inimigo com o mínimo de perdas e danos possíveis.

Naquele momento, o Templo Sagrado desabou e o Rei Yakan e seu povo viram tudo, horrorizados.

— Que aventura mais clássica, estilo Thor! — Thor ergueu o Rompe-Tormentas no ar, sem noção do que havia acontecido atrás dele. Era esse o propósito do Deus do Trovão: lutar pelo bem de quem não sabe lutar bem.

— Hurra!

CAPÍTULO 2

No hospital, Jane Foster estava deitada para fazer uma tomografia computadorizada. Parecia preocupada, mas não estava derrotada. Desde o diagnóstico, ela tinha feito exames e tratamentos intravenosos sem fim, que a mantinham presa em uma cadeira por horas. Depois da tomografia, Jane sentou-se ao lado de outro paciente da clínica, um homem jovem de boné e capuz, conectado ao próprio soro. Ele lia um livro. Tinha uma caneta na mesinha entre eles.

Era um livro que Jane conhecia bem. *A Teoria de Foster*. Ficou empolgada ao ver que estava informando a próxima geração intelectual.

— O livro é bom?

— É — disse o garoto.

Jane sorriu.

— Fui eu que escrevi.

O menino parou a leitura, levantando a cabeça. Ele virou o livro ao contrário para ver a contracapa.

— Você... você é a Dra. Jane Foster?

Jane assentiu.

— Sou.

Ele acenou, constrangido.

— Oi.

O garoto nunca havia conhecido uma astrofísica-autora de verdade antes.

— Oi — respondeu Jane. — Como vai a, hã, Ponte Einstein-Rosen?

O garoto hesitou.

— É difícil. Bem difícil.

Jane entendia a dificuldade. Ela pegou o livro da mão dele.

— Você precisa de um modelo 3D. Já assistiu *O Enigma do Horizonte*? — Era um filme de terror, mas explicava bem.

— Não.

É claro que não tinha. O filme era velho demais. Talvez...

— *Interestelar*?

— Não.

Jane sabia o que fazer. Arrancou uma página do livro.

— Esse filme explica tudo bem claramente. — Ela pegou a caneta da mesa. — A Ponte Einstein-Rosen dobra o espaço para que o ponto A e o ponto B coexistam no espaço e tempo. — Ela marcou a página, a dobrou ao meio e cutucou a caneta através da página dobrada. — Assim.

O garoto pareceu entender, mas pausou.

— Você acabou de rasgar o próprio livro.

— É — disse Jane —, mas agora você entende buracos de minhoca.

Ele pegou de volta a página e a caneta que veio com ela. Eles bateram as mãos em um "toca aqui."

— Assiste os filmes — disse Jane.

O garoto concordou na mesma hora que Darcy, a assistente-estagiária de Jane, entrou na sala. Ela se sentou ao lado de Jane e jogou vários pacotes de salgadinhos na mesa entre elas. Darcy limpou a garganta e olhou para o ambiente estéril ao redor delas. Não conseguia acreditar que Jane estivesse aqui, fazendo... *isto*. Soltou um longo suspiro.

— E aí, como vão as coisas?

— Tudo *incrível* — disse Jane com um sorriso irônico.

— Você... contou para alguém além de mim?

— Quando as pessoas descobrem, elas começam a agir de forma estranha — respondeu Jane. — Elas ficam diferentes, só isso.

Darcy assentiu. Ela mesma mal sabia como agir.

— Eu não preciso disso na minha vida, no momento — continuou Jane. — Enfim, não é tão sério assim.

Darcy fez cara feia. Não tão sério?

— Jane, é um estágio quatro.

— De quantos estágios?

Darcy fez uma pausa.

— Quatro.

— Que a gente conheça — brincou Jane. Olhou de relance para o relógio. Quanto tempo teria que ficar ali sentada?

Darcy notou a impaciência de Jane.

— Você tem algum lugar para ir que seja mais importante do que a quimio?

— Não. — Jane alcançou o soro e o apertou algumas vezes. Talvez poderia fazer com que fosse mais rápido.

Darcy sabia onde a cabeça de Jane estava. Onde sempre estava.

— Você está tentando voltar ao laboratório, né?

— Tem algumas ideias que eu queria testar.

Darcy ignorou o comentário de Jane.

— Dá um tempo. Eu sei que você acha que trabalhar no laboratório é algo que você precisa fazer, do contrário, você está falhando com toda a civilização, mas... — Respirou fundo. — Você não entendeu o que o universo está tentando te dizer, então deixa que eu vou traduzir. — Ela falou com simplicidade: — Sossega. O. Facho. Você precisa ter energia para lutar contra esta coisa.

Argh. Jane precisava de energia para pesquisar, não para lutar contra o câncer.

— Vou lutar do meu próprio jeito, pode ser?

Ela precisava fazer isso.

Darcy tinha uma ideia melhor.

— Só pra você saber, "do meu próprio jeito" não precisa ser "sozinha em um laboratório." Talvez seja hora de usar a carta do viking espacial.

Jane sacudiu a cabeça.

— Não é uma carta.

— É, sim — insistiu Darcy.

— Não tem uma carta — Jane insistiu de volta.

— Tem um cartão — disse Darcy, erguendo um salgadinho de queijo como se estivesse usando-o como parte do argumento. — Um cartão loiro, lindo e gostoso.

Jane deu risada.

— É uma carta charmosa — concordou, mas *não*.

— Jane, você tem certeza?

— Olha, Darcy. Eu vou dar um jeito nisso sozinha.

De volta ao laboratório, cercada por todo tipo de equipamento altamente tecnológico, Jane extraiu uma amostra do próprio sangue de um tubo de ensaio e a estudou por meio de um microscópio avançado. Ela contatou seu colega, o Dr. Erik Selvig, que estava tentando pesquisar possíveis tratamentos para Jane.

— Os resultados continuam voltando os mesmos — disse Erik, com pesar, no monitor do computador de Jane. — Temo que a quimio esteja fazendo muito pouco efeito.

Jane se afastou do computador. Esfregou as palmas das mãos uma contra a outra e deu voltas na sala, tentando se acalmar.

— Sinto muito, Jane. Se tiver algo que eu possa fazer, ou se você quiser só conversar, me liga.

Depois das notícias, Jane tentou continuar seu trabalho, mas não conseguia se concentrar. Dormiu um tempo no sofá, sentindo-se cansada e com pena de si mesma. Se até Erik estava desistindo, isso nunca era um bom sinal. Mas até mesmo se lastimar perdia a utilidade depois de um tempo. Eventualmente, voltou para o monitor. Precisava continuar trabalhando. Tomou um golinho de chá de uma caneca e ouviu o conhecido som de páginas virando. Olhou de relance para uma pilha de livros ao seu lado. Dois dos livros no topo eram intitulados *Mitos Viking: Sagas Nórdicas* e *Mitos dos Eddas*. Era como se eles a chamassem.

Ela pegou o primeiro livro e abriu em um trecho aleatório. A primeira coisa que viu foi um rascunho do sempre poderoso martelo Mjolnir. Ela escaneou o texto. Mjolnir era capaz de garantir grande saúde, estamina e espírito ao seu portador.

Jane continuou lendo.

CAPÍTULO 3

Em uma pitoresca cidadezinha litorânea da Noruega, uma placa dizia BEM-VINDOS À NOVA ASGARD. POR FAVOR, DIRIJAM DEVAGAR. VELKOMMEN TIL TØNSBERG. Um ônibus turístico passava por lá, indo em direção ao vilarejo principal, onde cruzeiros estavam parados ao longo do píer. Uma nave asgardiana voava mais acima, enquanto crianças brincavam do lado de fora.

O Conselho de Nova Asgard se encontrou na prefeitura, supervisionados por sua líder, a Rei Valquíria, de terno e gravata. Valquíria não era apenas a rei, mas também a face de Nova Asgard. Uma vez, ela posou para uma revista, trajando um smoking, para promover a cidade e o espírito guerreiro deles. "Cheiro de rei". Ela apresentava uma bandeja prateada com um régio desodorante em barra. "Porque você merece."

Como rei, ela apertou as mãos com oficiais de alto calão para ensaios fotográficos e atendeu cerimônias de abertura com multidões alegres, comemorando os novos negócios de cidadãos como Miek, um antigo guerreiro Sakaaran, agora dono da Infinity Conez. Sob a liderança de Valquíria, Nova Asgard conquistou um nome e tanto. Turistas de toda a Terra vinham passear em botes voadores ou assistir peças sobre a história de Asgard em um teatro ao ar livre do lado do mar.

Um trompetista e uma harpista tocavam uma música suave para uma das performances do teatro.

THOR: AMOR E TROVÃO

— Veja só este lugar — disse um ator no palco, com um tapa-olho e uma barba branca, vestido para o verão com um blazer rosa claro. Ele fazia o papel de Odin, o antigo rei de Asgard. Ele se sentou em um rochedo falso, diante de um cenário pintado que mostrava uma paisagem marítima diante do pôr do sol. — É lindo — disse. — O nosso lar.

— Sim, lar, pai — falou o ator no papel de Thor. Ele também estava vestido casualmente, com uma jaqueta cinza e calça jeans. Ajoelhou-se diante de Odin. — Estamos aqui para levá-lo para casa.

— Sim — acrescentou o ator de Loki, o irmão adotivo de Thor. De terno preto, ele colocou uma mão no peito e olhou para a audiência. — Ao planeta Asgard.

— Asgard não é um planeta — disse Odin. — Meu filhos, é o povo. São vocês!

Loki borrifou água no rosto dele com um pequeno spray preparado para o grande momento no palco.

— E agora — disse Odin — é hora de eu continuar para o reino espiritual.

Loki virou-se para a audiência cativada, o rosto dele mostrando angústia pura enquanto engolia lágrimas falsas.

Odin subiu o rochedo e ergueu as mãos em direção ao céu.

— Tomarei meu lugar no grande salão de banquete de Valhalla, o lugar de descanso dos deuses. — Fez uma pausa. — Ah! Só mais uma coisa. — Ele se virou para os filhos. — Vocês têm uma irmã.

Loki olhou para seu irmão, surpreso. Thor parecia tão chocado quanto ele.

— E assim — continuou Odin. — Vou virar pó estelar divino e dizer: "Adeus!" — Ele soltou o confete dourado que segurava e, conforme caía no palco, ele disse: — Estão vendo?!

Loki e Thor ficaram de pé.

— É agora — Odin foi ao chão e se escondeu atrás do rochedo, para longe da audiência. Figurinistas vestidos de preto jogaram mais confete para completar o efeito. — Estou desaparecendo!

Thor e Loki se afastaram do rochedo. Eles se viraram para a audiência enquanto a equipe do palco tirava o rochedo de lá.

Os dois irmãos choraram juntos a morte do pai.

— Nãooooo! — disse Thor.

— Pai!!! — exclamou Loki.

Uma mulher da audiência limpou uma lágrima do canto de seu olho.

E, então, um grande objeto de cena circular, representando um portal, foi levado ao palco.

— Espere! — disse Loki. — Irmão! Um temível portal apareceu atrás de nós!

Juntos, Loki e Thor falaram: Transformar!

De repente, as roupas de mortais voaram para longe de seus corpos, puxadas por fios discretos. Debaixo, Thor vestia uma fantasia com armadura e capa vermelha. Loki vestia trajes jade e dourado.

A audiência comemorou.

A música começou a ficar cada vez mais dramática. O "portal" circular atrás deles foi cortado no meio, revelando…

… uma atriz com cara de maníaca, com uma galhada brilhante e esmeralda saindo do capacete em sua cabeça, combinando perfeitamente com a fantasia de corpo inteiro e a capa. Ela segurava uma espada preta falsa e ria de forma tão louca quanto sua aparência.

— Sou Hela — disse a atriz. — Deusa da Morte! Agora, retorno a Asgard para tomar meu lugar como a verdadeira herdeira do trono, e ninguém poderá me parar! Juntem-se a mim ou morrerão!

— Nunca vamos nos juntar a você, bruxa! — gritou Thor. Um martelo de cena, preso em uma roldana, apareceu acima da cabeça de Thor. — Mjolnir! — Ele fingiu arremessar a arma contra Hela, e o martelo planou lentamente na direção dela.

Hela esticou-se e, quando o adereço caiu em sua mão, ela o quebrou com um aperto. Pedaços de espuma caíram no palco.

— Quebrei seu mahr-telo! — vangloriou-se ela. — Hora de morrer!

Loki e Thor se entreolharam, frenéticos. Ergueram os braços e falaram em uníssono:

— Bifrost!

Uma luz vinda de cima iluminou os rostos deles, sinalizando o fim da performance.

A audiência aplaudiu de novo e ficou em pé para ovacioná-los.

O diretor e todos os atores da peça apareceram no palco. Juntaram as mãos para fazerem uma reverência.

Perto do teatro, Darryl, um guia turístico estava cercado de um pequeno grupo de visitantes. Ele se agachou atrás de um domo de vidro que exibia os restos verdadeiros do Mjolnir. Como se tivessem sido congelados no tempo, os pedaços do martelo estavam espalhados em uma porção de grama ali dentro. Darryl ergueu as mãos em direção ao vidro, afoito para terminar e chegar à sua parte favorita do tour: o lanche.

— Quase dá para sentir o poder destas pedras magníficas e imóveis — Darryl se levantou. — Tudo bem, hora de voltarmos ao vilarejo. Venham!

Alguns dos turistas aplaudiram, e outros murmuram, empolgados, enquanto se afastavam de lá.

Mas o grupo deixou um membro para trás — uma turista vestindo uma jaqueta jeans com o capuz para cima. Tinha uma *ecobag* pendurada no ombro. Ela deu a volta no pedestal, revelando seu rosto. Era ninguém menos que Jane Foster.

Jane observou o martelo de perto. As peças do Mjolnir começaram a tremer enquanto as nuvens se formavam mais acima e raios apareciam no céu. Jane se inclinou para frente. Mal conseguia acreditar no que via. Alguns momentos antes, o martelo não estava se movendo. As partes começaram a cintilar e se erguer acima da grama.

O Mjolnir já havia esperado tempo demais.

CAPÍTULO 4

Em Indigarr, Thor admirou a distância com o Rompe-Tormentas, refletindo a respeito de sua última aventura: salvar o Rei Yakan e seu povo. Apesar de a batalha não ter corrido com perfeição, o que poderia ter acontecido se não estivesse lá por sua equipe?

Seus pensamentos foram interrompidos pelos tinidos agradáveis de Rei Yakan e seu séquito, que vinham por trás. Thor se virou na hora em que Korg se aproximou para ver o que o rei queria.

— Deus do Desastre — disse Rei Yakan ironicamente. — Nós agradecemos. Temíamos continuar para sempre em guerra sem a proteção de nossos deuses, mas agora a paz há de reinar. Em troca de seu serviço, por favor, aceite estes presentes.

Ouviram-se guinchos terríveis. Quatro homens indigarrianos puxaram uma corda, arrastando algo para fora dos destroços do Templo Sagrado. Seja lá o que estivesse do outro lado, não parecia feliz.

— Em nossa tradição — disse Rei Yakan —, concedemos grandes feras aos protetores de nosso mundo.

Duas criaturas gigantes, parecidas com bodes, uma clara e outra escura, apareceram. Eram "parecidas com bodes" porque nenhum bode normal seria grande daquele jeito ou faria sons daquele jeito. Os bodes se sacudiram e tentaram atacar seus captores.

— São maravilhosos! Korg, olha para aquilo. Aquelas coisas são lindas! — falou Thor. Ele se virou para o benfeitor. Ele sabia que não merecia. — Rei Yakan, muito obrigado. Olha, hã, sobre o templo...

— Eu não quero falar sobre o templo.

— Eu sei, mas se falássemos, eu acho que é importante...

— Isso me deixa triste — disse Rei Yakan, cortando o discurso de Thor sobre a vida e os objetos materiais. —... E *irritado*.

Thor fez uma pausa.

— Tudo bem, paro de falar. — Ele deu uma risadinha. *Que vergonha.*

— Não se esqueça dos bodes. Que você aceitou e agora precisa levar consigo. Sem mudar de ideia.

Com isso, o Rei Yakan e seu séquito partiram.

Thor e Korg admiraram os presentes do rei.

Os bodes continuavam bravos. Muito bravos.

— Ah — Thor admirou os bodes, que expressavam ódio contra ele. — São bonitinhos.

— Sim, são tão bonitinhos — disse Korg. — Também gritam pra caramba.

Thor deu risada.

— Eles são ótimos.

Como prato principal, talvez.

Dentro da nave dos Guardiões, os bodes não foram recebidos muito calorosamente. Drax tentava impedir um deles de pinotear, enquanto Mantis e Nebulosa olhavam, perplexas com o que viam *e* ouviam.

Peter ignorou os animais berrando. Tinha prioridades mais importantes.

— Precisamos encontrar o controle para poder baixar o sinal de emergência!

Rocket pulou na plataforma do centro da sala e analisou a área.

— Bom, tente lembrar seus últimos passos — disse Thor calmamente. — Onde você colocou o controle?

— Um dos bodes deve ter comido — reclamou Peter.

— Os bodes não comeram o controle — disse Thor. — Não seja ridículo!

— Eu amo eles! — disse Drax. — Eles deveriam ficar conosco para sempre.

Naquele momento, um bode chutou a plataforma onde Rocket estava, arremessando-o para fora da sala. Mantis e Peter deram um passo para trás.

Nebulosa pegou um rifle laser da baia de armaduras enquanto Peter anunciava:

— Achei o controle!

Nebulosa passou por Mantis com a arma erguida.

— Vou matar eles.

— Eu também — disse Mantis, seguindo-a com a própria pistola de pulso.

Quando Thor e Peter notaram que o controle precisava ser carregado, um bode chutou Thor, colocando-o na linha de fogo.

— Ei, ei, ei! — Thor falou par Nebulosa. — Espera!

— Sai do meu caminho! — mandou ela.

Thor empurrou a arma de Nebulosa na hora que ela puxou o gatilho. Um disparo laser ricocheteou contra o teto e atingiu Korg. O Kronan caiu de costas para baixo.

Mantis ofegou.

— Korg — disse Thor. —Você tá bem?

Korg ergueu um braço.

— Tô, irmão. De boa.

Thor ficou no centro da sala quando Korg se levantou.

— Tudo bem, pessoal. Relaxem. Os bodes vão ficar bem. Se não, podemos usar eles pra come... — A voz dele se esvaiu.

De repente, a sala ficou em silêncio, bodes inclusos.

— ... morar — terminou Thor. — Eles são ótimos pra fazer desfiles.

Korg concordou.

— Me disseram que dá para chamá-los com um assovio especial, algo assim — ele fez um grunhido patético. — Não, não é bem assim — ele tentou de novo. — Não, não é bem assim — e se virou para Mantis. — Tenta você.

Mantis grunhiu.

— Não, não é bem assim — disse Korg.

— Ah, ei, gente — disse alguém.

Peter se virou para ver quem era.

— Kraglin.

Kraglin estava de pé com uma mulher indigarriana atrás dele. Ela vestia um elaborado adereço de cabeça.

— Você estava aqui todo esse tempo?

— É, você falou para eu ficar com a nave — disse Kraglin. — Esta é Glenda. A gente se casou.

Groot desviou o olhar do controle que segurava. Conteve uma risada.

— Eu sou Groot.

Peter foi até Kraglin.

— O que nós dissemos a respeito de novos relacionamentos?

— Que eu não deveria fazer isso — respondeu Kraglin.

— É — disse Peter. — Você não pode se casar em cada planeta que formos.

Até mesmo a nova esposa de Kraglin parecia concordar.

De repente, a holotela 3D atrás deles carregou na frente de Groot.

— Eu sou Groot!

Peter foi até lá.

— Finalmente! Tudo bem, aqui vamos nós. Chamadas de socorro.

Ele passou o dedo pela holotela enquanto todos se reuniam ao redor dele. A tela ligou com centenas de círculos pulsantes, cada um representando um pedido de ajuda em toda a galáxia.

— Nos ajudem, por favor! — falou uma voz feminina. — O Carniceiro dos Deuses nos encontrou.

— Carniceiro dos Deuses? — perguntou Peter.

A mensagem seguinte mostrava vários deuses pendurados em vigas.

— Ele os deixou lá como aviso — exclamou uma voz masculina.

— Vejam todos esses deuses, assassinados — disse Thor.

Outra pessoa ligou gritando. A tela mostrava um mamute morto em uma terra montanhosa de gelo e neve.

— Nossos maiores campeões — disse a voz — foram dizimados.

Korg encarou a tela, incrédulo.

— O horror.

Rocket sentia a mesma coisa.

— Quem poderia ter feito algo assim?

Enquanto Peter passava por mais ligações, Thor notou alguém que reconhecia.

— Espera, qual era aquela? Volta. Coloca aquela ali.

Uma guerreira asgardiana apareceu. Ela olhou para trás, como se alguém ou algo a perseguisse.

— Thor, onde você está? — implorou a guerreira.

— Sif? — disse Thor. Não, não pode ser.

— Precisamos de você.

Thor colocou o colete e se virou para sair.

— Minha amiga está em perigo. Precisamos partir já. Liguem a nave.

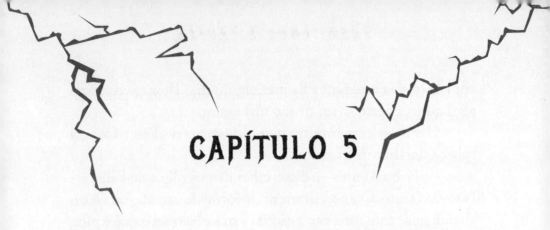

CAPÍTULO 5

Peter estava diante da imagem parada de Sif enquanto outras ligações se faziam ouvir ao fundo.

— Não sei, talvez a gente deveria se separar — disse Peter. — Tem tanta gente para salvar. Quer dizer... — ele se virou para Thor —... olha todos esses pedidos de socorro.

Thor estava de costas para Peter. Seus ombros caíram.

Peter seguiu Thor para fora da nave. Ficou na ponta da rampa, onde seu amigo olhava para a distância.

— Thor, você vai ficar bem?

Thor achou difícil encarar Peter — Peter Quill, Senhor das Estrelas, que sempre trazia consigo os Guardiães da Galáxia.

— Admiro o comprometimento que vocês têm uns com os outros — disse Thor. — É belo. É algo que nunca terei.

Peter sabia que isso não era verdade.

— Cara, posso falar uma coisa?

— Pode — disse Thor.

— Depois de milhares de anos de vida, você não parece saber quem é. Eu já estive perdido antes. — Peter pensou em sua vida antes de Gamora. — Mas então encontrei um significado, encontrei amor.

Thor pensou na pessoa que amava. *Jane*.

Peter continuou, explicando como doeu perder alguém. Mas, mesmo nesse momento, sabia que sentir algo tão terrível seguia sendo melhor do que não sentir nada. Compartilhou, com Thor, sua esperança de que, algum dia, Thor encontraria algo que o fizesse se sentir tão mal assim.

Por mais convincente que o discurso de Peter fosse, a cabeça de Thor não mudou.

— Já amei antes — disse, olhando nos olhos de Peter. — Não deu certo. Ou elas morrem de forma horrenda, ou elas o abandonam com uma carta escrita à mão. Não sei o que é pior, mas é por isso que mantenho uma distância de todos — ele esticou a mão na direção de Peter para ilustrar.

Peter continuava a alguns centímetros dele.

Thor se moveu para perto para tocá-lo. Depois de deixar claro seu ponto, afastou-se, dando as costas a Peter.

— Você se apegou demais — disse Thor. — Sabia que isso aconteceria. Você deve partir. Encontrarei Sif. Respondam às outras chamadas. A galáxia precisa de seus Guardiões.

— Legal, bacana — disse Peter. — Nós estávamos prestes a sair...

Thor fez um sinal para Peter parar de falar

— Eu sei que dói — ele se virou para encarar Peter. — Mas é melhor assim. Precisa confiar em mim.

Peter fez cara feia. Deixar Thor não era nada de mais.

— Para diminuir a dor — disse Thor — por que você não, hã... — deu umas batidinhas na rampa que levava à nave — leva esta nave como um presente de despedida?

Peter ergueu as sobrancelhas.

— Ah, você tá me dando a minha nave de presente.

— Sim — disse Thor, sorrindo. — É toda sua. Espero que faça tantas memórias com ela quanto eu fiz. É uma garota temperamental. Vai ser uma boa ajuda quando se ver em apuros.

Kraglin passou por eles.

— Vou ligar a nave.

— Obrigado — disse Peter.

— Adeus, velho amigo — Thor estendeu o braço e eles deram as mãos (primeiro da forma humana, e depois da forma asgardiana, que demorava mais, mas era imensamente superior à versão chata de Peter, porque envolvia imitar presas de cobra e fazer de conta que tinha explosões).

Drax passou por ali.

— Vamos lá.

Thor abaixou a voz para que os outros não o ouvissem.

— Cuide da minha tripulação. Será difícil para eles.

Nebulosa passou também e rosnou para Peter:

— Vai logo!

Thor assentiu.

— Ela não.

— Lembre-se do que eu falei — disse Peter. — Se você se sentir perdido, olhe nos olhos das pessoas que você ama — ele foi até sua nave, onde Drax, Nebulosa, Mantis, Rocket e Groot o esperavam no topo da rampa. — Eles dirão a você exatamente quem você é — terminou Peter, ainda admirando sua fantástica tripulação.

Thor levou seu rosto sorridente para a linha de visão de Peter, acabando com o lindo momento.

— Então tá — disse Peter. — Tchau.

Ele subiu a rampa para se juntar aos outros Guardiões. A rampa começou a voltar para dentro da nave.

Thor chamou Peter enquanto Korg e os bodes se juntavam a Thor.

— Se isso significar algo — disse Thor, acima do barulho da nave sendo ativada — vamos nos agarrar às boas memórias. Nós, asgardianos, dizemos: "Que você viaje com a velocidade dos corvos de Odin. Verei vocês em Valhalla, onde iremos…"

A nave subiu para o espaço.

— Eles foram embora.

— Sozinho novamente — disse Korg. — Só você e eu.
— E os bodes pareciam muito mais calmos, agora que Korg os controlara.

Thor esticou a mão.

— Rompe-Tormentas!

A arma apareceu do nada.

Korg se abaixou.

— E aí, o que fazemos agora, mano?

Thor plantou o machado de batalha no chão, fazendo raios voarem. De repente, não estava mais vestindo roupas comuns. Estava *thorizado*, com armadura e capa. Ergueu o machado e invocou a Bifrost.

— Vamos salvar a Sif!

Uma coluna rodopiante de luzes nas cores do arco-íris brilhou e sugou Thor, Korg e os bodes.

Momentos depois, a Bifrost depositou os viajantes em seu destino com um estrondo. Tinha neve por todo lado. Aterrissaram em um reino com montanhas de picos brancos, surradas por ventos gelados.

Carregando as armas, Korg e Thor escalaram um rochedo onde podiam ver o corpo de uma fera do tamanho da própria montanha. Seus olhos eram pretos como carvão e sangue pingava de seu nariz. A bocarra de dentes pontiagudos estava aberta.

Korg nunca vira algo assim.

— Quem ou o que é isso?

— Falligar — disse Thor, consternado. — Deus dos falligarianos. Nenhum deus foi tão legal comigo. — Thor viu uma pessoa caída, perto da boca aberta de Falligar. — Oh, não.

Lady Sif.

Voou no ar com o Rompe-Tormentas e pousou na bacia do vale. Será que ela ainda estava viva? Thor largou o machado e disparou na direção dela. O rosto de Sif estava manchado de sangue. Ela ainda respirava!

Thor se ajoelhou, inclinando-se sobre ela, e tocou seu ombro.

— Sif! Sou eu, Thor.

Sif abriu os olhos e viu o outro asgardiano.

— Odinson? — Olhou para os lados, confusa.

Thor analisou rapidamente onde Lady Sif havia sido ferida.

— Você perdeu um braço. Vou levá-la para casa.

— Não! — disse Sif. — Me deixe aqui. Quero morrer a morte de uma guerreira. No campo de batalha. Em uma batalha. E então poderei reivindicar meu lugar em Valhalla. — Ela fechou os olhos com um sorriso pacífico no rosto.

— Odeio ter que dizer isso — disse Thor —, mas, para um guerreiro entrar em Valhalla, precisa morrer em batalha. Você sobreviveu.

Sif considerou as palavras de Thor. Praguejou baixinho.

— Talvez seu braço esteja em Valhalla — brincou Thor, e depois seu tom ficou sério. — O que aconteceu com você?

— Estava caçando um homem louco — disse Lady Sif. — Eu o segui até aqui, mas era uma armadilha.

— Quem é esse louco?

— O Carniceiro dos Deuses está vindo — respondeu Lady Sif. — Ele quer extinguir todos os deuses. Foi em direção a Asgard.

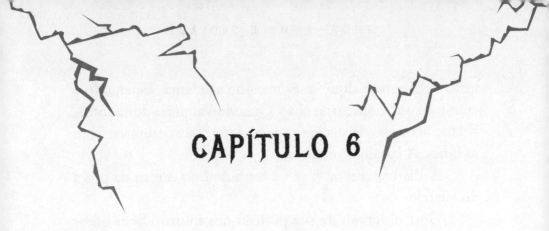

CAPÍTULO 6

Já tinha anoitecido no vilarejo litorâneo que dormia. O som das ondas e dos gentis sinos de vento flutuava no ar. Tudo estava em paz, como qualquer típico anoitecer asgardiano. Mas esta noite não seria típica de forma alguma. Acima do vilarejo, nos morros, havia um visitante encoberto pelo luar. Gorr, o Carniceiro dos Deuses, acabara de chegar.

Enquanto as crianças asgardianas dormiam abraçadas com seus bichinhos de pelúcia, Gorr plantou a Necroespada na terra, soltando sombras que se espalharam pelo chão e foram na direção da cidadezinha. As sombras passavam por becos e caminhos de paralelepípedos. Flutuavam acima de caixotes e pelas paredes. Não demorou muito para se transformarem em criaturas terríveis: os monstros de sombras.

Um adolescente fazia o dever de casa em sua escrivaninha, ouvindo *hard rock*. De repente, escutou as explosões e gritos e correu para a janela. Havia fogo no vilarejo, e monstros de todos os tipos rastejavam na praça mais abaixo. Alguns deles tinham tentáculos, outros tinham espinhos; alguns tinham presas e muitos olhos, outros tinham *tudo isso junto*.

Da posição de Gorr nos morros, tudo parecia ir conforme esperava: caos absoluto enquanto os moradores e guerreiros asgardianos lutavam contra os monstros. Rei Valquíria surgiu no céu em uma explosão de luz, cavalgando seu Pégaso branco, Warsong. Enquanto descia, o cavalo voador relinchou com um grito de guerra. Valquíria arremessou sua lança, espetando o crânio de um monstro ao chão. Quando Valquíria desmontou, balançou o cabo de sua lança para acertar outro monstro com as botas. A batalha começou.

A Bifrost cruzou o céu e terminou no centro da praça do vilarejo.

Gorr observou de sua posição nos morros. Seus olhos brilharam com a cor das chamas enquanto ele abria um grande sorriso. Tudo de acordo com o plano.

Thor chegou na praça junto de Korg e os bodes carregando Lady Sif. Thor mirou os raios do Rompe-Tormentas contra vários monstros. Eles explodiram com o impacto.

Guerreiros e aldeões comemoraram, erguendo as armas.

— Vejam, é Thor! — disse alguém.

Thor ordenou aos asgardianos mais próximos:

— Levem Sif à enfermaria.

Valquíria chamou Thor de seu cavalo.

— Ei! Quem você irritou agora?

— Não é minha culpa. — Thor gesticulou na direção de um monstro caído enquanto os outros continuavam a lutar. — Nunca vi estas coisas, seja lá o que forem.

— Bem-vindo de volta. — Valquíria matou um monstro com a lança.

Thor se virou e atingiu outro.

Enquanto a batalha continuava, mais crianças espiavam das janelas de seus quartos. Sorriam, admiradas com a bravura dos asgardianos.

Thor e Valquíria acabaram com mais monstros com facilidade. E, então, uma criatura cinquenta vezes maior que as outras rugiu. Tinha os chifres de um carneiro, mas estava de pé com as patas traseiras e tinha muitos braços pesados. Thor se virou e atirou o Rompe-Tormentas. O machado acertou bem no meio dos olhos do monstro. Ele gritou e caiu no chão, estatelando-se de forma retumbante.

Um zumbido chamou a atenção de Thor. Ele se virou para ver o céu.

Uma explosão de raios atingiu a terra.

Todos ergueram as armas e comemoraram.

Thor não conseguiu ver quem havia chegado.

— Quem é esse cara novo?

Em seu cavalo, Valquíria tinha uma visão melhor.

— Aquele cara lá? — Ela sorriu ao observar a comoção. — Você vai adorar ele.

Um clarão de luz circulou a praça do vilarejo. Foi tão rápido que Thor mal conseguiu segui-lo. A luz continuou a girar ao redor da praça, passando pelos monstros, matando-os no caminho. De repente, Thor notou quem era.

— Mjol-Mjolnir! — Thor gaguejou. — Sou eu, Thor.

O martelo desapareceu no combate.

— Você viu meu martelo? — Thor perguntou a alguns guerreiros que lutavam. Onde estava? — Mjolnir! — assobiou. — Vem cá, garoto. Mjolnir!

Thor desapressou o passo ao ver um monstro enorme, parecido com uma aranha, indo em sua direção. Sua mandíbula se abriu, pronta para atacar.

— Mjolnir? — disse.

O martelo abriu um buraco na cabeça da criatura por trás, e ela explodiu em um zilhão de pedacinhos pegajosos e nojentos.

— Mjolnir! — Thor mal podia acreditar. O martelo foi até ele. Mjolnir era o mesmo, mas não exatamente o mesmo. A luz pulsou pelas rachaduras de suas partes quebradas, mas Mjolnir estava inteiro mais uma vez. Thor abriu os braços. — Você voltou!

THOR: AMOR E TROVÃO

Antes que Thor pudesse pegar seu confiável martelo, Mjolnir se afastou, disparou na direção oposta e foi na direção da mão aberta de sua nova mestra — uma mulher com um elmo de metal que escondia a parte de cima de seu rosto. Ela estava de armadura, manoplas e uma capa vermelha, assim como as de Thor. Ela rodou Mjolnir para o lado como se fosse um bastão e, conforme ganhava velocidade, jogou o martelo na direção de Thor, faltando alguns centímetros para atingi-lo. Mjolnir se partiu o ar, e seus pedaços voaram, acertando vários inimigos ao mesmo tempo. Então, na mesma velocidade que se desfez, Mjolnir se juntou novamente ao retornar, matando ainda mais monstros no processo, antes de voltar à mão da mulher.

— Oi, com licença — disse Thor. — É o meu martelo, esse aí.

A mulher o encarou.

— E esse daí é o meu visual.

Antes que a mulher pudesse responder, ela se virou para acertar um monstro. Thor então decidiu que não poderia ser passado para trás por uma cópia. Era hora de mudar de roupa. Arremessou o Rompe-Tormentas na direção do chão com uma explosão de raios. De repente, ele parecia ainda mais com o Thor, de elmo completo e armadura com chapas douradas e azuis que cobriam cada centímetro de seu corpo. Asas metálicas saíram de seu elmo. Perfeito.

Ele foi atrás da mulher.

— Ei!

Ela estava ocupada lutando contra outros inimigos.

Um monstro tentou se meter na frente de Thor. Ele deu uma direta na mandíbula da criatura com o machado, sem se perturbar.

— Chega de tolice! — Thor se aproximou dela. — Por que você não tira essa máscara e se revela? Vai logo.

A mulher se virou. O elmo se desmaterializou de seu rosto.

— Ei — seu longo e lindo cabelo cascateou por cima dos ombros.

Thor não conseguia acreditar.

— Jane?!

E desde quando ela era loira assim?

Um prédio explodiu em chamas ali perto, mas nem Jane nem Thor pareciam notar enquanto encaravam um ao outro.

CAPÍTULO 7

Korg continuou sua história a respeito do lendário viking espacial.

— Deixem eu contar tudo a respeito da lenda de Thor e Jane...

Thor era o Deus do Trovão, e Jane era uma cientista. Apesar de serem de mundos diferentes, de alguma forma, fazia sentido. Juntos, embarcaram em uma jornada de amor. Thor ensinou Jane o caminho de um guerreiro, enquanto Jane ensinou a Thor o caminho das pessoas. Conforme o tempo passou, o amor deles cresceu mais e mais. Thor pediu ao Mjolnir que sempre protegesse Jane, e um amor grande daquele jeito encontrou uma forma de se tornar mágico.

Thor olhava para o futuro e tudo que ele guardava, incluindo a possibilidade de, um dia, uma família. Mas, quanto mais ponderava a respeito de uma vida com Jane, mais ele temia perder tal vida e, apesar de Jane não admitir, ela também temia a perda. Então, ergueram muros entre eles. Thor se ocupou de salvar a humanidade e Jane se ocupou de fazer o mesmo. Eventualmente, o espaço entre eles cresceu e cresceu até ficar difícil demais suportá-lo. Alguém precisava ceder.

Então, uma noite, alguém cedeu. Jane escreveu uma carta e Thor a leu. A lenda de ambos tornou-se, de repente, um mito. Ou foi isso que pensaram...

— Tudo bem? — disse Jane enquanto a batalha contra os monstros de sombras continuava ao redor deles.

— Tudo — Thor tentou recuperar o fôlego. — Eu só estou... está um pouco, hã, quente... — ele sacudiu o colarinho. — Começando a ficar... claustrofóbico com o... elmo. — Ele o tirou e encarou Jane de capa com o Mjolnir. — Como?!

Antes de Jane conseguir responder, ela acertou uma criatura na cara com o martelo. Várias vezes.

— Hã, será que a gente pode falar sobre isso mais tarde?
— Claro, sim — disse Thor.

Jane sorriu.

— Foi bom ver você!

Thor observou Jane na batalha, perguntando-se quando ela decidiu que o lance dela era ser vingadora. Bem quando Thor estava pronto para se juntar ao embate mais uma vez, uma voz mística carregou uma mensagem mortal no ar. *Matem todos os deuses.* Thor se virou. Na ponta da praça estava uma figura encoberta de sombras. O Carniceiro dos Deuses.

Thor começou a ir até Gorr e balançou o machado contra todas as criaturas que se metiam em seu caminho. O Carniceiro dos Deuses se aproximou e, de repente, apareceu diante de Thor como se pudesse se mover mais rapidamente através do tempo. Thor balançou o Rompe-Tormentas. O Carniceiro não estava mais lá. Centelhas voaram quando o machado bateu contra o chão. Assim que Thor puxou a arma de volta, Gorr apareceu atrás de Thor. Gorr atacou Thor com a Necroespada, mas Thor bloqueou o ataque com a manopla. A força do impacto o fez derrapar pelos paralelepípedos.

Gorr voltou a atacar Thor. Desta vez, Thor estava preparado. Ele o acertou nas costas com o Rompe-Tormentas e

Gorr afundou no chão. Era a chance de Thor. Ele pulou no ar, erguendo o Rompe-Tormentas para atacar mas, de novo, o machado só atingiu o chão. O Carniceiro dos Deuses havia desaparecido, só para aparecer atrás de Thor mais uma vez. Gorr empurrou Thor e o forçou contra uma caminhonete. Tentáculos se fecharam ao redor de Thor, prendendo-o. Gorr mirou a ponta afiada da Necroespada contra a garganta de Thor

— Ei, essa daí é a Necroespada? — perguntou Thor. — Bacana. Só ouvi falar dela em histórias — ele deu uma risadinha fraca.

— Então você sabe que vai doer — disse o Carniceiro dos Deuses.

Thor ficou ofendido com o comentário.

— Dor. O que é a dor a não ser uma construção inventada pelos fracos?

Gorr apertou a ponta da Necroespada contra o pescoço de Thor.

Os olhos de Thor brilharam, brancos azulados.

— Isso daí é bem afiado! — Ele empurrou Gorr com o Rompe-Tormentas.

Gorr tentou atacá-lo novamente, mas Thor bloqueou a Necroespada com o machado.

Não tão rápido. Gorr agarrou o Rompe-Tormentas e jogou Thor contra a caminhonete, tão forte que criou uma cratera com o impacto. Thor caiu no chão e um monstro de sombras fechou os tentáculos ao redor dele mais uma vez, prensando-o contra o veículo. O Rompe-Tormentas continuava na mão de Thor.

Gorr aproveitou a oportunidade para tomar seu prêmio. Ele fechou a mão ao redor do cabo do machado. O Rompe-Tormentas vibrou com energia, como se não quisesse aceitar um novo mestre.

Os olhos de Thor cintilaram, furiosos.

— Não. Toque. Nas. Minhas. Coisas.

Ele jogou um tentáculo para longe e deu um soco na cara de Gorr. Em seguida, Thor deu uma cabeçada nele.

Gorr gritou de dor.

Mas Thor não havia acabado. Agarrou Gorr pela garganta e o ergueu do chão. O Rompe-Tormentas soltou raios ofendidos. Thor jogou Gorr sobre o capô do carro como o lixo que era.

Quando Gorr voltou a se levantar, fez menção de ir na direção de Thor, mas percebeu que estava perdendo. Thor estava lá, parecendo não estar tão cansado assim. Uma mulher-Thor carregando um martelo o encarava a alguns metros dali. Uma segunda mulher também havia recém-entrado; ela agarrava uma lança, pronta para lutar.

Thor apontou o Rompe-Tormentas na direção de Gorr, disparando raios de sua arma.

O Carniceiro dos Deuses desapareceu.

Thor gritou logo depois:

— É, melhor você fugir mesmo, seu covarde.

Mas Thor não sabia que mais sombras estavam rastejando nas paredes dos quartos onde as crianças dormiam. Um monstro pegou uma menina da cama. Ela gritou enquanto era carregada janela afora.

De volta à praça, uma mãe asgardiana correu até Jane e Thor.

— As crianças! — exclamou. — Eles estão levando as crianças!

Mais crianças berraram enquanto eram tiradas de suas casas e carregadas para longe, só para ficarem presas em uma enorme jaula com patas que pareciam as de uma aranha e mandíbulas abertas servindo como porta. As crianças gritaram, chamando os pais enquanto Gorr observava. As mandíbulas se fecharam.

Thor e Jane os perseguiram. Lançaram-se pelo céu, mas antes de pousarem, o Carniceiro dos Deuses e seus cativos sumiram. Thor e Jane ficaram no local onde a jaula estivera antes, perguntando-se para onde teriam ido.

O céu retumbou com um trovão. Gorr tinha ganhado, dessa vez.

CAPÍTULO 8

O sol começou a subir, anunciando um novo dia em Nova Asgard. Thor observava o interior de um carro destruído.
— Monstros de sombras — grunhiu. — Revoltante.
Atrás de Thor, um raio atingiu o chão.
Jane acabava de chegar com o Mjolnir.
— Voei duas vezes pelo mundo — disse ela. — Nada.
— Os covardes devem ter fugido — respondeu Thor. — Nós os encontraremos.
Jane conseguiu abrir um sorriso, qualquer coisa para acabar com a tensão. Havia sido uma noite tão louca — tornar-se uma Super-Heroína, lutar contra criaturas demoníacas e tudo mais.
— Que reencontro, hein?
— Nem me diga — falou Thor.
— Quanto tempo passou…. Tipo três, quatro anos?
— Oito anos, sete meses e seis dias — disse Thor com um sorrisão. — E eu não esqueci da última vez que eu te vi, ou *não* te vi, já que você foi embora — ele deu risada.
Jane parou para encarar Thor.
— É meio que uma grande simplificação dizer que eu fui embora.
— Ah, não, você foi — insistiu Thor. — Escreveu uma bela cartinha à mão. Eu sei, já que estava lá.
Jane sacudiu a cabeça.

THOR: AMOR E TROVÃO

— Você não estava lá, na verdade. Por isso o bilhete.
— *Dã*. Mas o pensamento veio com uma risadinha. — E
se você não estava lá para me ver partir, então talvez tenha
sido você quem foi embora.

Thor pensou um pouco.

— Justo.

— Não que isso importe — falou Jane depressa. — Assim,
não tem ninguém anotando esse tipo de coisa, né?

Os dois riram, constrangidos, enquanto Jane continuou
a andar.

— Suponho que nós dois partimos e nós dois fomos
abandonados — disse Thor enquanto ela ainda estava perto
para ouvir. — E agora você está partindo de novo. — Correu
para alcançá-la.

Aldeões ansiosos estavam do lado de fora da Prefeitura,
esperando para entrar. Mais moradores já estavam abarrotados
lá dentro. Por cima do caos, Rei Valquíria dava instruções à
sua equipe.

— Miek, nós precisamos de relatos detalhados de todas
as testemunhas. Darryl, me dê todos os nomes das crianças
que sumiram.

Uma mulher correu até Valquíria.

— Vossa Majestade, minha filha foi roubada e eu não
sei onde ela está...

— E ela será encontrada — respondeu Rei Valquíria, bem
quando notou um aldeão com uma ferida aberta na testa. Ela
chamou a equipe. — Pessoal — disse. — Eles estão sangrando!
Levem eles para a enfermaria agora.

— Majestade! — O ator de Loki chamou a atenção de
Valquíria. O ator de Thor estava parado ao lado dele.

A rei se virou.

O ator de Loki fez sua pergunta.

— Será que deveríamos começar a trabalhar em uma apresentação deste fiasco?

— As pessoas precisam de entretenimento — acrescentou o ator de Thor.

— Particularmente agora, em um momento de crise — disse o ator de Loki.

— Particularmente agora.

Sem dizer uma palavra, Valquíria foi embora.

— Eu não ouvi um "não" — disse o ator de Thor.

— Nem eu — concordou seu colega.

Os dois se viraram para sair.

— Asgard. Noite — disse o ator de Loki. — Abrimos a peça com algumas crianças dormindo.

Thor e Korg estavam parados na outra ponta da sala, observando Jane escutar uma aldeã falando de suas preocupações.

— Então — disse Korg —, essa é a ex, né?

— A antiga ex-namorada — respondeu Thor.

Korg juntou as mãos diante dele.

— Jodie Foster.

— Jane Foster — corrigiu Thor.

— A que partiu — disse Korg.

— A que partiu — repetiu Thor.

Korg olhou para Thor.

— Isso significa *fugiu*.

— É — Thor assentiu, ainda olhando intensamente para Jane. — É.

— Deve ser tão difícil para você ver sua ex-namorada e seu ex-martelo juntos no rolê e se dando tão bem.

Thor não respondeu.

Korg notou que Thor levantou o braço e mexeu os dedos um pouquinho.

— O que você tá fazendo, irmão?

THOR: AMOR E TROVÃO

— Vamos — sussurrou Thor, ignorando a pergunta de Korg. — Vem pro pai — ele encarou o Mjolnir na mão de Jane.— Vamos lá.

De repente, o Rompe-Tormentas flutuou ao lado do ombro de Thor e voltou sua lâmina para o rosto do mestre.

— Ei! — disse Thor alegremente ao machado. — Aí está você — ele pegou o Rompe-Tormentas. — Eu estava te chamando!

Nessa hora, a voz de uma mulher se ouviu na multidão.

— Sabem o que eu acho que deveríamos fazer? Começar um exército!

— Com o quê?! — um homem berrou de volta. — Metade de nossos soldados estão mortos!

— Metade de nossos soldados estão sempre mortos! — disse a mulher.

Valquíria tentou acalmar seu povo.

— Todo mundo, por favor, vão para casa. Prometo que logo teremos notícias. Vamos encontrar as crianças.

Mas ninguém parecia ouvir.

— Onde estão as crianças? — disse alguém.

— Alguém precisa nos dizer o que aconteceu — insistiu outra pessoa.

— Eu não consigo entender — disse uma terceira.

De repente, começou uma luta entre dois aldeões, cada um deles culpando o outro pelo que ocorrera.

Thor não aguentava mais.

— Asgard! — gritou.

Todos se viraram quando Thor foi até eles. Se afastaram, criando um caminho no centro do salão.

Com o Rompe-Tormentas descansando em seu ombro, Thor andou até a frente da sala.

— Meus amigos, não devemos brigar. Em tempos como estes, precisamos nos unir, ficar juntos. Vejo o que está acontecendo aqui — ele parou e olhou para os rostos preocupados ao seu redor. — Estão com medo — ele ouviu um rangido no fundo. — Assustados? — Mais rangidos. — Com medo? Ansiosos, hmm? — ele ergueu um dedo em riste. — Se vamos encontrar as crianças, precisamos primeiro olhar para nós mesmos, para... — mais rangidos. Ele não conseguia se concentrar. — Sinto muito. Miek, é muito difícil fazer um discurso arrebatador com todo esse barulho de é-é-é. O que você está fazendo?

— Ela está fazendo a minuta — explicou Valquíria.

Miek estava de pé diante de um quadro branco cheio de desenhos da batalha da noite passada.

— Ah, minutos preciosos que não temos — disse Thor.

Miek fez uns sonzinhos fofos de decepção.

— Vocês querem as crianças de volta? — perguntou Thor. — Voltarei em um minuto — piscou. — Você pode anotar isso, Miek.

Thor ergueu o Rompe-Tormentas e invocou a Bifrost no centro da sala. A ponte abriu um enorme buraco no teto. Enquanto ela carregava Thor para longe dali, os aldeões se esquivaram dos destroços que caíam.

Valquíria jogou as mãos para cima.

Todos conseguiam ouvir o som de Thor voando pela Bifrost. Jane se virou para olhar pelas janelas. A Bifrost ejetou Thor do céu, e Thor caiu, colidindo com uma bela escultura dos Portões de Valhalla ao lado do mar. Ela quebrou com o impacto.

Jane conseguia ouvir Thor gritando com sua arma.

— Rompe-Tormentas — disse ele. — O que você está fazendo? Isso tudo é por causa do Mjolnir?

Valquíria observou Thor e perdeu a paciência. Crianças haviam sido sequestradas. Prédios destruídos. Estátuas estraçalhadas.

— Todos, fora daqui! — grunhiu.

Quando Thor voltou à Prefeitura, só Valquíria, Korg e Jane continuavam lá. Thor estava furioso, e seu traje estava chamuscado por culpa do contratempo com a Bifrost.

— Não encontrei elas.

Korg apontou para a roupa de Thor.

— Amado, sua capa está pegando fogo.

— Tudo bem. Ela vai crescer de novo. Escutem… — Ele deixou o Rompe-Tormentas apoiada em uma escrivaninha.

Valquíria apontou para o teto.

— Vou te cobrar por isso.

Thor não pareceu ligar. Estava focado.

— O que sabemos a respeito desse cara?

— Ele viaja através das sombras? — tentou Jane.

— E ele cria monstros com elas — disse Valquíria.

— Monstros absolutamente bizarros — acrescentou Korg.

Thor foi até o centro da sala.

— Ele também brande a Necroespada. Como sei disso? Porque ele quase atingiu meu rosto com ela.

— O que é uma Necroespada? — perguntou Jane.

— É uma arma ancestral que foi passada de mão em mão desde o começo dos tempos. Possui a habilidade de matar deuses, mas ela corrompe e mata lentamente quem a usar, o que significa…

— Ah, então ela o infectou — terminou Jane.

— Está infectando. Sim. Deve ser.

— Então, basicamente… — falou Valquíria. — Estamos contra um sequestrador-sombra-zumbi amaldiçoado — ela ergueu uma adaga em cada mão e pausou por um momento. — Ótimo. Quando partimos?

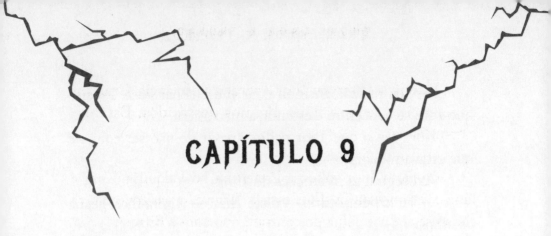

CAPÍTULO 9

A aparição do rosto de um adolescente surgiu de repente na Prefeitura.

— Thor? Você consegue me ver? — Ele tinha olhos dourados e alaranjados.

— Hã, alerta, tem uma cabeça flutuando — disse Korg.

— É Astrid — disse Valquíria. — O filho de Heimdall.

Thor se aproximou da cabeça flutuante.

— Tudo bem, Astrid?

— Eu não uso mais o nome Astrid — respondeu o garoto. — Meu nome agora é Axl. É o vocalista de uma banda popular que ouvi na Terra.

— Do Guns — disse Korg. Guns N' Roses. Ótima escolha!

Thor apontou para Axl como se ele precisasse aprender uma boa lição.

— Astrid, seu pai escolheu para você um nome Viking muito forte, e eu pretendo honrar a escolha dele.

Thor e o garoto continuaram discutindo a respeito do nome de Axl até Korg se meter.

— Escuta ele — Korg falou para Thor, irritado.

— Tá, tudo bem, *Axl* — disse Thor. — Onde você está?

— Não tenho certeza — respondeu Axl. — Ainda não sei usar meus olhos mágicos.

Thor sabia o que fazer.

THOR: AMOR E TROVÃO

— Seu pai me ensinou e eu vou ensinar você. Preciso que você se concentre e estenda a mão assim.

Korg fez o que Thor pediu, apesar de não ser com ele que estavam falando.

Axl seguiu as instruções de Thor.

— Tudo bem, ótimo — disse Thor. — Agora foca. Fecha os olhos.

Antes de Axl notar, Thor apareceu rapidamente diante dele na jaula-aranha!

O resto das crianças asgardianas se amontoaram atrás de Axl. Elas fizeram sons surpresos. Axl conseguira. Thor estava lá!

— Oi. — Thor olhou com desânimo ao seu redor, um ambiente terrível. O céu escuro ao lado de fora da jaula deixava claro que estavam flutuando pelo cosmos. — Como estão as coisas, crianças?

— Como estão as coisas? — disse Axl. — Olha onde a gente tá. Estamos em uma jaula feita de espinhos.

— É, isso aí. Nada bom.

— Você vai fazer alguma coisa?

— Sim, sim, eu vou — disse Thor. — Mas não neste exato momento. Eu sou o fantasma da visão. Olha — ele abanou o braço onde Axl estava, sem fazer nenhum contato com o garoto. — Viu?

— O que vai acontecer com a gente? — perguntou Axl.

Thor deu de ombros.

— Quem sabe? Quer dizer, esta é uma situação muito, muito ruim. Sabe, a boa notícia é que vocês são asgardianos. Então, se morrerem, irão para Valhalla.

Argh. Axl abanou a mão para Thor.

— Sai daqui — Se virou.

— Espera, espera. Escuta…

De repente, a jaula deu uma sacudida como se estivessem sofrendo com um terremoto. As crianças berraram, desesperadas.

— Está tudo bem — disse Thor. — Não chorem, não chorem, está tudo bem — a tremedeira melhorou. — Escutem, eu tenho um plano, ok? Estou montando uma equipe muito, muito boa. Temos, hã... bem... O Tio Korg — ele contou os amigos com os dedos. — Rei Valquíria... minha ex-namorada, Jane, que é uma outra história e eu não vou entediar vocês falando disso, tá? Mas é uma equipe de primeira, e nós vamos levar vocês de volta para casa rapidinho. Isso aí — Thor assentiu para si mesmo, esperando soar convincente. Ele se virou para olhar através das mandíbulas fechadas da jaula. Eles pareciam estar indo em direção a uma lua mais afastada, cercada de uma atmosfera preta e cinzenta. Não havia nada alegre a respeito dela.

— Eu sei onde vocês estão — falou para Axl. — Vou tirar vocês daí.

Axl olhou para Thor.

— Estou com medo — ele gesticulou para as crianças atrás dele. — Todos nós estamos.

As crianças ficaram de pé e chamaram o nome dele.

— Thor! — Eles foram até ele com braços esticados, como se fossem zumbis.

— Thor, nos salva — imploraram. — *Por favor.*

Eles eram quase tão assustadores quanto os monstros de sombras.

— Se cuidem — ele falou rapidamente. — Nos vemos logo, tá? Axl, me tira daqui! — Ele apertou os olhos com força.

Quando os abriu, ele estava de pé na Prefeitura, onde sempre estivera. Korg, Jane e Valquíria estavam ao redor dele.

— Eles estão no Reino das Sombras — Thor falou de uma vez.

— Como você sabe? — disse Jane.

— A atmosfera pesada tem uma escuridão que não existe em qualquer outro lugar. É como se a cor tivesse medo de andar por lá. É inconfundível.

Jane se afastou do grupo.

— Bem, se o que precisamos é de cor, então deveríamos levar o arco-íris até lá.

Ela brandiu o machado e voou pelo buraco aberto no teto.

— Levar o arco-íris? — disse Thor. — Isso é uma frase de efeito ou algo assim?

— Faz só um minuto que ela é uma Thor — respondeu Valquíria.

Eles admiraram o teto.

— Quer dizer, salvar vidas, ela é boa nisso — continuou Valquíria. — Mas de resto, ela precisa melhorar.

— Quantas frases de efeito teve até agora? — disse Thor.

— Muitas.

Em alguns momentos, Jane voltou, aterrissando na frente deles.

— É. Eu me precipitei. — Ela não fazia ideia como chegar lá.

— Bem, esperem um pouco. — Valquíria acabava de se dar conta de algo. — Ele se move pelas sombras e está indo ao Reino das Sombras. Parece que é lá onde ele terá mais poder.

— Você tem razão — disse Thor. — Nós não podemos só chegar lá e entrar. Pode ser uma armadilha. Nós poderíamos colocar as crianças em perigo. Precisamos de reforços. Precisamos de um exército.

Valquíria olhou para Thor.

— Você está pensando no que eu estou pensando?

— Estou pensando — respondeu Thor.

Jane escutava com atenção.

— O que estamos pensando?

Korg se perguntou a mesma coisa.

— Pensando o quê?

— Eu estou pensando nisso, também — disse Valquíria.

— A Cidade da Onipotência — disseram Thor e Valquíria ao mesmo tempo.

Rei Valquíria atravessou a sala para pegar uma espada maior.

— O que é a Cidade da Onipotência? — perguntou Jane.

— É o lar dos deuses mais poderosos do universo. Nós poderíamos montar a equipe mais poderosa de todos os tempos. Poderíamos recrutar Ra, Hércules, Tūmatauenga, Quetzalcoatl, talvez. E Zeus, o mais antigo e mais sábio de todos eles.

Jane havia ouvido direito?

— Você disse Zeus?

— É, Zeus.

— Tipo, o Zeus? — Ela não conseguia acreditar. — Zeus-Zeus.

— Acho que ele não tem um segundo nome — respondeu Thor.

— Você acha que o meu deus estará lá? — perguntou-se Korg. — Ninny dos Nonny?

— Ah, não tem como saber, Korg — disse Thor. — Mas, se estiver, vamos pedir que se una a nossa equipe.

Korg ergueu o punho, comemorando.

— Isso aí!

— Rompe-Tormentas! — chamou Thor. O machado voou até a mão dele com um clarão de raios tão forte que Korg cambaleou para trás.

THOR: AMOR E TROVÃO

— Muito bem! — gritou Thor para Rompe-Tormentas. — Se acalma. Relaxa!

Valquíria sacudiu a cabeça.

— Não, não, não, cara, a gente não viajar na Bifrost meia-boca do Rompe-Tormentas. — Ela pensou no prédio, na escultura e nas partes chamuscadas da capa de Thor. — Olha o que acabou de acontecer!

Thor olhou para Valquíria.

— Não é como se a gente pudesse ir no seu cavalinho voador atravessador de portais, não é mesmo? Não vai caber todo o mundo.

Valquíria franziu o a testa.

— Do que você tá falando? O Warsong é incrível.

Thor ergueu o machado.

— O Rompe-Tormentas também é.

Jane achou que poderia resolver o assunto rapidamente.

— O Rompe-Tormentas só precisa de um canal. Qualquer coisa que possa suportar uma viagem espacial.

— Adoro quando ela fala de trabalho — disse Thor.

— O machado tem o poder de nos levar até lá — continuou Jane. — Ele só precisa de algo para focar essa energia que não seja tão imprevisível. Sabe, hã… — Ela se virou para Valquíria. — Se nós tivéssemos uma nave, nós poderíamos utilizá-la, com o Rompe-Tormentas como fonte de energia.

— Aah — disse Korg, começando a entender. — Como um motor.

— Como um motor — confirmou Jane.

— Você precisa de uma nave? — disse Valquíria. — Eu tenho uma nave.

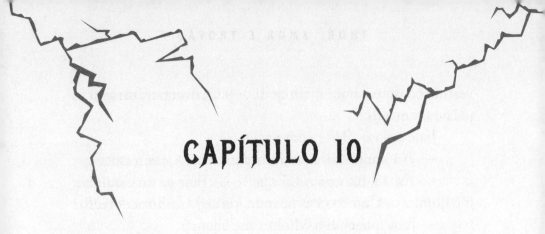

CAPÍTULO 10

Era possível ouvir o guincho de um bode a quilômetros de distância enquanto os asgardianos ajudavam a preparar uma nave turística voadora para a partida. Rei Valquíria e seus funcionários jogaram assentos de parques de diversão no cais mais abaixo enquanto Korg falava para outras pessoas que estavam ajudando.

— Tirem esses assentos. E amarrem os bodes na frente. Partimos em quinze minutos.

— Só o essencial, gente — acrescentou Valquíria.

Alguém levou um barril de bebida para dentro da nave.

— Isso é essencial — comentou Valquíria.

Enquanto a nave era preparada, Thor viu o Mjolnir descansando com o cabo para cima sobre um barril ali perto.

— Bom, você me superou bem rápido, não foi? — Ele se aproximou mais. — Você é uma figura mesmo — bem quando ele estava pronto para pegar o martelo, Jane apareceu.

— Ah, oi! — Thor se afastou do Mjolnir.

— Oi — disse Jane.

— Só estava correndo atrás do tempo perdido com um velho amigo — ele deu uma risadinha nervosa. — Eu estava esperando até agora para pedir desculpa. Por ter agido meio estranho antes. Não estou sendo o mesmo de sempre, ultimamente. Sabe, meio que... tentando descobrir quem eu sou e, hã, me sentindo meio perdido. E, então, do nada, vejo você vestida como eu, e foi meio que... — Quais eram mesmo as palavras corretas?

Jane escutou Thor com paciência.

— Foi muita coisa pra mim também — confessou.

— Então, hã, como foi que... — Thor gesticulou para o Mjolnir. — Como vocês ficaram juntos? Como aconteceu?

— Juro que ouvi o Mjolnir me chamar.

— Ah! É mesmo? — Thor sorriu, sentindo uma pontada de ciúme.

— E, então, vim aqui investigar, e os pedaços começaram a brilhar e rodopiar e, então... Thor. — A própria Jane mal podia acreditar.

— Ah — disse Thor. — Bom, sabe do que mais? Ficou bem em você, funcionou, então...

Ele esticou o braço como se fosse apertar a mão de Jane, mas em vez disso agarrou o cabo do Mjolnir e o segurou.

Thor deu risada.

— Só estou checando.

Ele ainda estava com tudo.

Devolveu o martelo à nova dona.

Jane ficou feliz de tê-lo de volta, e torceu para Thor nunca mais tocar em seu martelo. Saiu andando.

— Nos vemos depois!

Com um sorriso bobo no rosto, Thor ficou vendo Jane ir embora dali.

O Rompe-Tormentas apareceu do nada.

Thor se virou para o machado.

— Quê? A gente só estava conversando.

Pouco tempo depois, Jane voltou ao quarto de hotel, onde estivera desde que chegou em Nova Asgard. Agarrando o Mjolnir com uma mão, ela foi direto para a pia do banheiro, e então se inclinou sobre ela como se quisesse vomitar. Se sentiu fraca e deixou o Mjolnir cair no chão com um baque.

Assim que fez isso, não parecia mais a Poderosa Thor. Em vez disso, voltara a ser ela mesma: exausta, cadavérica, com cabelo castanho ralo, vestindo o velho moletom cinza. As olheiras tinham piorado. Tinha "estágio quatro" escrito na testa.

Encarou o próprio reflexo no espelho e pensou em sua mãe, que estivera no hospital quando Jane era mais nova. Tinha passado incontáveis noites ao lado da mãe.

— Mamãe? — dissera. — Não me abandona.

A voz de Elaine Foster flutuou em sua direção, pelas memórias.

— Não tenha medo — disse. — Mesmo quando eu tiver partido, querida. Você não estará sozinha. E, seja o que for, nunca pare de lutar.

Essas eram as palavras que continuavam a marcar Jane enquanto ela encarava seu reflexo. Ela conseguiria. Tentou alcançar o Mjolnir. Ele voltou para sua mão.

A capa e armadura se rematerializaram. A Poderosa Thor estava de volta, exceto que não se sentia muito poderosa. Ela puxou o braço de volta e bateu na pia com o martelo. A porcelana quebrou.

Alguém bateu à porta.

Quando Jane a abriu, ficou surpresa ao ver Valquíria lá.

— Oi — Valquíria falou baixinho. — Tudo bem aí?

Jane tentou bloquear a porta com seu corpo. Limpou a garganta.

— Tudo ótimo — mentiu.

Valquíria inclinou a cabeça ao olhar atrás de Jane.

— A pia está contando outra história.

— Você realmente acha que eu deveria ir? — disse Jane. — Não vou melhorar.

— Você é uma Thor. É claro que deveria. — Valquíria sorriu. — Além disso, o que mais poderia fazer? Você é uma viking agora. Isso significa que você deve morrer em batalha, e que essa morte precisa ser incrivelmente dolorosa. Ou você não entra em Valhalla. Esse é o *meu* plano.

Jane ficou surpresa ao ouvir isso de Valquíria.

— Mas e, sabe, essa coisa de ser rei e tudo mais?

— Eu adoro ser rei — disse Valquíria. — Eu amo meu povo, mas tudo é reunião e corvo-correio, e reuniões que poderiam ter sido feitas por corvo-correio. Sinto falta de lutar. Sinto falta de minhas irmãs, e é por isso que você tem que vir junto, porque eu preciso de uma irmã — assentiu. — Beleza, a gente precisa ir. Você pegou suas coisas?

Jane levantou o Mjolnir.

— Sim. Você pegou as suas?

Valquíria virou os olhos. Ergueu a espada de dois gumes, Dragonfang.

— Sim — disse Jane, admirada.

Mas Valquíria não tinha terminado. Pegou as adagas e o que parecia ser um explosivo super-tecnológico.

— Uma granada de mão? — perguntou Jane.

— Não. É um comunicador portátil — Valquíria apertou o botão na parte de cima do aparelho. Uma de suas músicas de hip-hop favoritas começou a tocar.

— Ah… — Jane ouviu, e as duas mulheres balançaram a cabeça ao ritmo da música.

Valquíria desligou.

— Vamos.

Só mais uma coisa, pensou Jane.

— Você não se importa de não falar sobre a coisa da pia?

Valquíria deu de ombros.

— Lógico que não.

Elas bateram as armas como se fizessem um bate-aqui de guerreiras e foram na direção dos outros.

CAPÍTULO II

O povo de Nova Asgard estava no cais para se despedir dos heróis.

Thor estava na doca da nave.

— Meus companheiros asgardianos, torçam por nós, já que viajaremos com a velocidade dos corvos de Odin. Voltaremos com crianças!

A multidão comemorou.

— Muitas crianças.

A multidão comemoraram de novo.

— E então teremos um banquete! Não de crianças... não fazemos mais isso.

A multidão grunhiu, enojada.

Jane sacudiu a cabeça enquanto Thor se enrolava no discurso.

— Foram tempos sombrios. Vergonhosos — Thor sentiu que estava perdendo a plateia. — Tudo bem, hora de ir.

Thor fechou o portão da nave e plantou o Rompe-Tormentas na proa, onde os bodes tinham sido presos como renas puxando um trenó. O Rompe-Tormentas canalizou a Bifrost para formar o caminho de arco-íris sobre a água. Os bodes galoparam pelo caminho, puxando a nave consigo. Jane olhou de relance para Thor, e eles trocaram olhares rapidamente. Talvez uma clássica e *poderosa* aventura estilo Thor estava prestes a começar.

A Bifrost se inclinou para cima, e dispararam em direção ao céu.

Pouco depois, emergiram em uma explosão de luz e foram até a Cidade da Onipotência, que flutuava de forma majestosa no cosmos, cintilando de ouro. A cidade era composta de torres salpicadas de jardins luxuosos e cachoeiras intermináveis. Eles pousaram em uma pista verde flanqueada por um prédio abobadado, estátuas e piscinas.

Cercados de esplendor, Thor e sua equipe andaram calmamente entre as fontes e foram até o templo de Zeus.

— Então — Thor falou para Jane —, você ainda anda de patins?

— Não. Não. E você?

— Ah, sim, todos os fins de semanas. Se vai patinar, não vai azedar. Não é, Korg?

Korg e Valquíria andavam lado a lado atrás deles.

—É nós na patinação — disse Korg.

Jane ativou o elmo, parecendo mais a Poderosa Thor.

— Ei, posso te perguntar uma coisa?

— Claro — disse Thor.

— Então, eu estava pensando, quando chegarmos no vilão, será que daria para eu ter uma frase de efeito legal, tipo — ela deixou a voz mais grave — "Coma este martelo!" — Ela deu uma estocada com o Mjolnir para frente. — Bang!

Thor deu uma risadinha.

— Ou… "Se liga no meu martelo!". — Ela balançou o Mjolnir de novo. — Bum!

Thor riu de novo.

— Ou então, hã…. Não… — Talvez ela precisasse de ideias melhores. — Ainda estou trabalhando nisso.

Thor sorriu.

— Não, elas são todas muito boas. A minha é, hã... — a voz dele ficou com o tom mais sério de herói — "Isso termina aqui e agora".

Jane encarou Thor.

— Ah, essa é muito boa.

— Levou um longo tempo até eu aperfeiçoar ela. Você vai chegar lá. Só precisa de prática.

— É, esse é meu primeiro vilão.

— Você nunca esquece do primeiro — ele olhou de relance para ela.

Jane desviou o olhar.

— É — disse Thor, desejando que as coisas tivessem acabado de forma diferente.

— Então, você tá namorando?

Thor sacudiu a cabeça e soltou um som, como se a ideia fosse ridícula.

— Ah, não, não. Estive ocupado demais, não tenho tempo, sabe como é? O trabalho e tudo mais.

— Bacana. — Jane queria mudar o assunto. O que isso importava, afinal? — Vou dar uma olhada nesse lugar. — Ela foi para o céu com o martelo.

Thor foi parando enquanto a admirava de baixo.

— Uau. — Ele inspirou fundo. — Tão maneira.

Korg seguiu em frente enquanto Valquíria tomava o lugar de Jane ao lado de Thor.

— Quem é maneira?

Thor fingiu que não sabia do que ela estava falando.

— As casas são maneiras.

Valquíria não o deixaria fugir assim tão fácil.

— O que está acontecendo aqui? Estou, hã, percebendo alguns sentimentos?

— Sentimentos? — *Bingo*. Ele riu. — Por quem, por Jane? Não, não seja ridícula. A última vez que tivemos sentimentos entre nós foi… muito tempo atrás. Que já passou há muito, muito tempo. — Ele odiava falar a respeito desse tipo de coisa. — Acho que você, talvez, tenha sentimentos?

Valquíria ergueu as sobrancelhas e riu. Ele estava absolutamente apaixonado.

— Ah, amigo, relaxa. Nós fazemos parte do mesmo time.

— Não sei que time é esse, tudo bem? — Como ele queria que a conversa terminasse.

— Time Jane — Valquíria deu um soco no braço de Thor de brincadeira. Saiu de lá, rindo ainda mais do comportamento de menino apaixonado que Thor estava exibindo.

Thor tentou não deixar que as provocações de Valquíria o incomodassem. Por que ele ficou dessa forma em relação a Jane… a mulher que idolatrava… agora, a Poderosa Thor, que parecia cada vez mais linda e poderosa… Ele mal conseguia respirar. Ah, para!

Enquanto isso, na jaula-aranha, Axl se sentou diante das crianças enquanto contava histórias a respeito de seu herói viking espacial.

— O lance com o Thor — disse Axl — é que ele sempre se recupera. Hela roubou o martelo dele, ele foi lá e construiu um machado forjado no coração de uma estrela que estava morrendo.

As crianças estavam impressionadas.

— Que louco! — disse alguém.

— Que legal — disse outra criança.

Axl continuou.

— E esse mesmo machado foi usado para cortar a cabeça de Thanos.

As crianças arquejaram.

De repente, ouviram o som da risada maligna de Gorr.

As crianças gritaram.

Gorr estava dentro das sombras, sentado bem atrás de Axl.

Axl se afastou.

— Essa foi boa — disse Gorr. — Ah! Que história bacana — ele bateu palmas.

As crianças se encolheram, tentando ficar o mais longe possível dele.

— Com toda essa conversa a respeito de cortar cabeças — falou Gorr — eu também quero participar. O que é isso? — Ele fez um movimento com a mão e uma criatura que parecia uma cobra com três olhinhos se ergueu ao lado dele. — Ah! Este é Octy.

Octy sibilou.

As crianças arregalaram os olhos ao ver a criatura.

— Oi, Octy. Como você está?

As crianças choramingaram.

Gorr cantarolava, como se estivesse falando com bebês.

— Sabe o que Octy adora?

Não esperou por uma resposta. Bradou:

— Ter a cabeça arrancada!

Gorr fez uma demonstração para as crianças e os ossos de Octy se quebraram.

As crianças berraram.

Gorr ergueu a cabeça de Octy para que a audiência pudesse admirá-la.

— Que foi? — disse Gorr de forma inocente. — Vocês tinham gostado, um momento atrás — ele voltou para a vozinha de bebê. — Tá bem, tá bem, tá bem. Chega de Octy — ele jogou a cabeça para o lado. Ela bateu em um dos espetos da jaula com um esguicho antes de cair no chão e rolar até eles.

As crianças berraram de novo.

— Ah, fala sério — Gorr calou a audiência.

— Estou com medo — sussurrou uma menininha.

— Ah, olha só para você — disse Gorr à coitada. — Eu conhecia uma garotinha que nem você. E ela era corajosa, ela era esperta... e engraçada — Gorr começou a engasgar, pensando na filha. — E ela gostava de desenhar.

As crianças ficaram quietas.

— Deixem eu perguntar uma coisa — continuou Gorr — a respeito dos deuses. Eles deveriam proteger vocês, certo?

Ninguém respondeu.

— E onde eles estão?

— Thor está vindo — Axl deixou escapar.

— É — falaram as crianças.

Gorr assentiu.

— Sim, estou contando com isso. É por isso que vocês estão aqui.

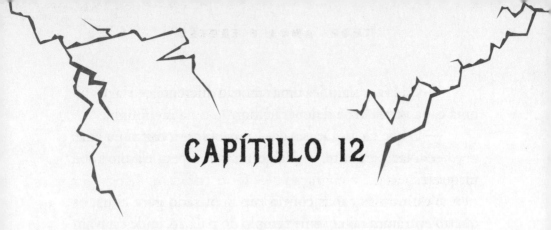

CAPÍTULO 12

Do lado de fora, o palácio de Zeus parecia tão elaborado e grandioso quanto a Cidade da Onipotência inteira. Uma série de prédios majestosos se assomavam sobre um pátio central diante de uma estátua colossal de Zeus, prestes a arremessar um raio. A figura gigante era a prova concreta de como o deus era poderoso.

Thor estava com Korg e Jane em uma ponta afastada do pátio.

— Só dá para entrar com convite — disse Thor —, então precisamos ser discretos e nos misturar aos convidados. Por sorte, disfarces são a minha especialidade — ele jogou uma das pontas da capa por cima do ombro, para que parecesse uma toga vermelha. — Filósofo grego.

Korg ficou impressionado.

— Oh!

Valquíria passou por um vestíbulo carregando vestes coloridas nos braços.

— Consegui isso pra gente — Ela jogou as roupas no chão.

— O que é isso? — perguntou Thor.

— Disfarces de verdade. — Valquíria escolheu um traje azul real. — São os mantos dos Deuses das Emoções — ela jogou a roupa para Thor.

THOR: AMOR E TROVÃO

— Cada cor significa uma emoção diferente — ela pegou uma capa vermelha e deu para Korg.

— O que são os Deuses das Emoções? — perguntou Jane.

— Não pergunte. — Valquíria jogou para ela um robe turquesa.

Vestindo as capas com o capuz puxado para cima, os quatro entraram no enorme templo do palácio, onde estavam reunidos todos os deuses. O prédio tinha dezenas de andares, como uma catedral massiva com arquibancadas. Vários deuses davam voltas enquanto a luz do sol passava por enormes janelas circulares.

— Bem-vindos ao Templo Dourado, crianças — disse Thor.

Jane perdeu o fôlego ao ver o templo. Nunca tinha visto nada tão opulento. Andares e andares cheios de deuses que ocupavam assentos, e as divindades que não cabiam neles, como o Grande Protetor, davam um jeito. Um dragão mega-grande tinha se enroscado ao redor de uma coluna que ficava acima do palco central.

— É aqui que as mais poderosas divindades relaxam — contou Thor.

— Tem a Deusa da Magia — disse Valquíria. A deusa estava em um dos camarotes, inspecionando a sala com as asas abertas.

Jane notou outro deus impressionante.

— Olha aquele ali!

— Ah, sim — disse Thor. — Aquele é Bao, Deus dos Bolinhos.

Um grande bolinho de cara feliz estava sentado de forma confortável em uma colher de sopa.

— Ei — Thor chamou a atenção do deus. — Ei, Bao!

Bao soltou uma risadinha.

— Bao! — respondeu com uma voz fofinha.

Korg apontou para outra coisa.

— Olhem lá, pessoal! Aquele é o Deus Kronan, Ninny dos Nonny.

O deus de Korg parecia com Korg, só que mais velho e mais majestoso. Ele estava sentado em um trono feito de rocha. As costas de seu assento eram feitas de tesouras.

— Ei, Ninny Nonny! — exclamou o deus de seu assento.

Thor, Jane, Valquíria e Korg se sentaram nas cadeiras reservadas para os Deuses das Emoções, cada uma delas com a cor de suas respectivas capas.

Uma música magnífica começou a tocar, anunciando a chegada de Zeus.

Uma nuvem de tempestade se formou mais acima, ao lado de uma janela. Um trovão retumbou e um raio surgiu.

Os deuses entoavam:

— Zeus! Zeus! Zeus!

Thor e Korg se uniram ao coro:

— Zeus! Zeus! Zeus!

A nuvem aumentou até formar uma tempestade dentro dela..

Uma mão saiu da nuvem e agarrou um raio dourado.

A plateia foi ao delírio.

Quando a nuvem se dissipou, todos puderam ver Zeus acima de seu trono flutuante, com sua arma dourada. Ele vestia armadura dourada para combinar e erguia os braços como se quisesse que a multidão celebrasse mais alto.

— Sim, eu sou Zeus! — A voz dele ecoou pela sala.

— Uau, lá está ele! — Thor falou para Jane, olhando para cima, admirado. — O homem, o mito, a lenda. Não sei se você sabia disso, mas muitas das coisas que faço são inspiradas nesse cara. Ele é o Deus dos Raios; eu sou o Deus do Trovão. Uma grande inspiração.

— Isso é ótimo — disse Jane. — Você deveria falar isso quando pedir um exército.

— É — Thor se virou para admirar Zeus.

A multidão continuava comemorando.

— Hã, como é que a gente sobe lá? — perguntou-se Jane. — A gente só, tipo, voa?

— Nós não podemos interrompê-lo no meio da entrada — disse Thor. — Ele é famoso por suas entradas.

A multidão entoou:

— Relâmpago! Relâmpago! Relâmpago!

Zeus atendeu o pedido e arremessou a arma como se fosse uma lança. O raio foi reto como uma flecha e se partiu em um milhão de adagas de ouro que passaram pela sala, re-combinando-se depois para criar uma imagem deslumbrante de Zeus quando jovem, lançando o Relâmpago.

Valquíria acompanhava o show com atenção. Nem Thor conseguia fazer isso com o Rompe-Tormentas.

A imagem se desfez e as adagas formaram um arco ao redor do prédio até colidirem como fogos de artifício. Elas formaram o Relâmpago mais uma vez. O aplauso foi ensur-decedor conforme o Relâmpago navegava até a mão aberta de Zeus.

A multidão continuou a comemorar.

— Isso! — disse Thor.

Zeus deixou o Relâmpago de lado, em um pedestal à sua frente, enquanto sua corte de belas mulheres e homens ficavam à toa em assentos acolchoados ao lado de seu trono, flanqueado por dois soldados espartanos e um harpista.

— Ordem, ordem! — exclamou Zeus. — Silêncio.

O som da plateia diminuiu.

— Silêncio!

O harpista tocou uma melodia reconfortante.

Zeus falava com um sotaque forte e grego, divinal.

— Por meio desta apresentação, abro o conselho sagrado dos deuses, no qual teremos muitos, muitos assuntos sérios para tratar — Zeus continuou, afoito para discutir a localização da celebração anual de indulgência excessiva.

A multidão comemorou e aplaudiu de novo.

Thor, Jane, Valquíria e Korg trocaram olhares.

— Ele tá falando sério? — perguntou Jane.

— Sinceramente, eu não sou contra isso — respondeu Valquíria.

— Ele deve ter um motivo, tá — disse Thor.

— Shhhh! — Um deus com cabeça de troll e sem corpo, só pés, mandou-os ficarem quietos.

— Foi mal — respondeu Thor.

— Então, agora — disse Zeus — vamos anunciar o vencedor da maior quantidade de almas sacrificadas em nome de um deus.

Thor estremeceu.

— Tudo bem, talvez ele não seja tão bom assim.

Jane sacudiu a cabeça.

— Ah, não, nem um pouco.

Enquanto Zeus anunciava Satã como o vencedor, seguido de uma rodada de aplausos, Valquíria explicou o plano.

— Olha, esse povo não vai ajudar. Mas aquele relâmpago ali, eu acho que aquilo pode ser útil — ela se inclinou para frente. — Jane, você vai pela direita. Thor, pela esquerda. A gente derruba ele, pega o raio e já era.

Jane começou a se levantar do assento.

— Vamos lá, então!

Thor esticou um braço para ela parar.

THOR: AMOR E TROVÃO

— Não, não, não, peraí. Nada de já era e nem de derrubar ninguém. Especialmente o Zeus, tá bom? Quando chegar a hora certa, eu vou falar com ele.

— A hora certa é agora — disse Jane.

— A hora não é agora — argumentou Thor.

— Quem está falando?! — Zeus retumbou, olhando ao seu redor. — Quem está falando?!

Korg apontou para os amigos.

— Esses daí!

Os deuses ofegaram. Quem ousava falar por cima de Zeus.

— Korg! — rosnou Thor.

— Vocês tem algo a dizer para o grupo? — perguntou Zeus.

Thor falou:

— Foi mal.

Valquíria sussurrou alto para Thor.

— Eu vou quebrar crânios em sessenta segundos, então fala rápido.

— Literalmente — acrescentou Jane — cabeças vão rolar.

Thor sussurrou de volta.

— Quem são vocês duas? — Ele ficou de pé e tentou proteger as amigas. — Oi! — disse, alegre. — Hã, deixe eu primeiro dizer que é uma honra e um privilégio estar aqui…

— Não — interrompeu Zeus —, não consigo te ouvir. Por que você não vai para o palco?

Thor apontou para lá.

— O palco. Logo ali?

— Bem, sim — disse Zeus. — Está vendo a área… — Ele gesticulou de forma exagerada em direção ao lugar exato — … que se parece muito com um palco?

Os deuses riram.

Valquíria fez um sinal para Thor se apressar.

— Saquei. — Thor começou a andar até o palco, passando por cima do colo de um grande deus samurai barbudo para chegar lá. — Tô indo. Opa. Ah. Foi mal.

— Boa sorte, cara — disse Korg.

Thor desceu os degraus. Quando chegou ao centro do palco circular, o trono de Zeus flutuava mais perto, para que a divindade pudesse olhar melhor para Thor.

— Poderoso Zeus! — exclamou Thor. — Uau! — Ele se virou para se dirigir à audiência. — Deuses do universo, venho aqui pedir ajuda para formar um exército. Há um louco chamado Carniceiro dos Deuses que procura acabar com todos nós. Ele deixa destruição por toda parte. Planetas e reinos inteiros foram deixados completamente desprotegidos. Ele não deixa nada além de caos por onde passa. Mas eu sei onde ele está e, com a ajuda de vocês, podemos acabar com ele antes que ele mate mais alguém. — Thor sorriu com seu plano.

Os deuses murmuraram.

— Esse cara — disse Zeus. — Matou uns deuses de nível baixo. Blé. Grandes coisas. Se isso for tudo, garotinho — ele gesticulou com a mão para fazer ele parar de falar. — Você pode voltar ao seu lugar e ficar quieto.

— É, bom, desculpa — rebateu Thor, irritado. — Você não ouviu nada que eu disse? Ele… ele está matando em massa.

Zeus não gostou do desrespeito. Ele ergueu uma mão.

— Vou falar mais uma vez. Fique quieto. Porque você está a um triz de ser desconvidado — Zeus continuava pensando a respeito da festa de indulgência.

— Zeus! — chamou Thor. — Nós precisamos fazer alguma coisa!

Zeus estava por aqui. Ele tirou o convite de Thor.

— Você precisa nos ouvir! — disse Thor.

THOR: AMOR E TROVÃO

— Chega! — Zeus apertou os dois punhos. — Algemas! — Raios saíram de seus braços. Elas envolveram os pulsos de Thor e o prenderam ao chão.

— Majestade — Jane falou para Valquíria. — Me diga quando estiver pronta.

— No meu sinal — respondeu Valquíria.

Jane assentiu.

— Qual é o sinal? — perguntou Korg.

— Vai ser "já" — disse Valquíria.

O trono de Zeus se abaixou até o palco e parou ali. Zeus apoiou as mãos contra o pedestal, cercado de damas de sua corte.

— Vamos ver quem você é — disse o deus. — Vou tirar seu disfarce — ele ergueu uma mão. Com um rápido movimento de pulso, deu a ordem. — E estalada!

A capa de Thor voou com um flash de poeira dourada.

A corte inteira de Zeus desmaiou, inclusive o harpista.

Os deuses arquejarem.

Thor estava da mesma forma que viera ao mundo.

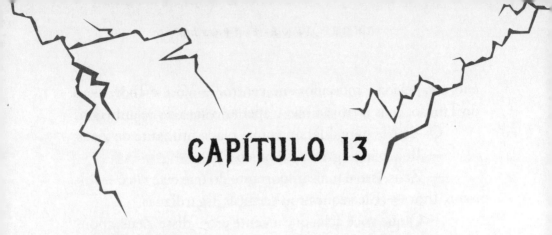

CAPÍTULO 13

Alguém assobiou.
— Você puxou forte demais! — exclamou Thor. As tatuagens em suas costas, uma homenagem ao seu irmão Loki, estavam expostas para todo o mundo ver.
— Será que a gente deveria ajudar? — perguntou Jane. Ela gostava bastante de ver Thor em um estado tão vulnerável.

De alguma forma, Valquíria conseguiu encontrar uma cornucópia de frutas para comer enquanto assistia o show.
— Quer dizer, eventualmente sim — ela levantou o cesto. — Uvas?

Jane agradeceu.
— E os outros? — disse Zeus.

Korg endureceu.

Zeus os encarou.
— Vamos tirar os disfarces deles também!

Korg, Valquíria e Jane pularam, falando todos ao mesmo tempo.
— Não, não estala a gente não! — gritou Jane. Eles tiraram os robes.
— Sem disfarces — disse Valquíria. — Feliz?

Agora todos os deuses podiam ver os trajes de herói, as armaduras e capas que vestiam por baixo.
— Asgardianos — confirmou Zeus. — Achei que não os veria de novo desde que Odin morreu — ele se dirigiu à figura

enorme, pelada e musculosa no centro. — Você é Thor, Deus do Trovão. Mas o trovão não é apenas o som do relâmpago?!

Os deuses gargalharam com a piada brilhante de Zeus.

— Boa, pai — gritou Dionísio.

— Zeus, isso é mais importante do que eu e você — insistiu Thor. — Ele sequestrou crianças asgardianas.

— O que você acha que a gente é? — disse Zeus, apontando para si mesmo. — A polícia divina? Cada deus cuida do seu próprio povo. Nem mais, nem menos. Os asgardianos tem problemas? Os asgardianos que resolvam. Hmm?

— Como caíram os poderosos — disse Thor. — Meu herói, Zeus, *com medo*.

Os deuses soltaram outro arquejo coletivo.

Acertou! Zeus saiu pomposamente da plataforma e desceu as escadas com alguns passinhos delicados. Ele se aproximou de Thor até estar de cara com ele.

— Algumas coisinhas. — A voz de Zeus era baixa para que os outros não pudessem ouvir. — Hum, sim, estou com medo. Gorr tem a Necroespada, o que significa que ele pode nos matar. Nada bom. Dois, eu sei que você está tentando fazer a coisa certa. Eu entendo. Mas tudo que você está fazendo é causar pânico. Pânico não é bom. Estamos seguros aqui. Você, meu caro, está seguro aqui.

Thor olhou feio para Zeus. O outro deus achava mesmo que estavam a salvo do Carniceiro *dos Deuses*?

— Então relaxa, bebezão — continuou Zeus. — Bebe um vinho, come umas uvas… Tudo vale na Cidade da Onipotência — ele abaixou o tom até sussurrar. — Três, não questione Zeus. Eu estalei forte demais. Vou devolver suas roupas — Zeus deu uma risadinha consigo mesmo, como se ele também tivesse vergonha do que havia feito.

Zeus se virou e ergueu um braço, exalando autoridade.

— Agora eu devolverei as roupas dele! — Ele andou de volta ao trono. — Estalo, estalo!

A capa de Thor se enroscou nele, estilo toga. As damas de Zeus pareceram decepcionadas.

Zeus se virou para olhar para Thor.

— Pois este é o Templo Dourado dos Deuses. Não é um festival de malhados e pelados.

Os deuses riram.

Thor tentou continuar o assunto.

— Se você não vai nos ajudar, então ao menos nos deixe usar sua arma. Precisamos de seu raio elétrico.

— O meu raio elétrico se chama Relâmpago — corrigiu Zeus. — Então, se você pensa em usar a arma secreta de alguém dessa forma, acho que você deveria ao menos acertar o nome na hora de pedir.

Thor tentou de novo.

— Posso pegar o Relâmpago emprestado?

Zeus respondeu chamando pela arma.

— Relâmpago!

Ele voou de seu lugar no trono de Zeus para a mão do deus.

Os deuses comemoraram.

Zeus lançou o Relâmpago para cima, para o alto, e quando ele voltou, a divindade o pegou com uma mão atrás das costas.

Os deuses soltaram um "ooooh".

Zeus fez vários outros truques. Girou o raio rapidamente, rodopiando-o em sua mão, e então por cima do ombro como um lança-chamas rodopia uma tocha. Então, equilibrou o raio na ponta do dedo enquanto girava, como uma bola de basquete. Ele arremessou a arma para cima e pegou o raio em duas partes, uma metade em cada mão. Colidiu as metades até se juntarem, e então lançou o raio de novo para que ficasse em seu lugar acima do trono.

— Não! — respondeu Zeus.

Todos gargalharam.

Valquíria sabia que precisavam agir logo. Ela esperava pelo momento certo.

— Não se preocupem — Zeus falou aos outros deuses. — O Carniceiro dos Deuses não vai alcançar a Eternidade.

— Eternidade? — disse Thor. Será que era isso que Gorr procurava?

— O que ele quer dizer com alcançar a Eternidade? — Jane perguntou a Valquíria.

Valquíria sacudiu a cabeça enquanto encarava Zeus. Ela sabia bem demais o que era.

— A Eternidade é um ser de muito poder no centro do universo. Ele concederá o desejo da primeira pessoa que chegar até ela.

— Então é como um poço dos desejos? — perguntou Jane.

Valquíria olhou para Jane.

— O que você acha que um cara com o nome de Carniceiro dos Deuses desejaria?

No palco, Thor deixou sua resposta bem clara.

— Se ele está atrás do Altar da Eternidade, isso significa que ele poderia acabar com todos nós de uma vez. Zeus, nós precisamos agir agora.

— Ele não vai conseguir — disse Zeus, confiante. — Ele não tem a chave.

— É este o propósito dos deuses? — rebateu Thor. — Esconder-se em um palácio dourado como covardes? — Thor não tinha medo de dizer a verdade para Zeus. — Talvez nós tenhamos perdido a mão.

Os deuses mal podiam acreditar no que ouviam.

— Sabe do que mais? — disse Thor. — Nós vamos pará-lo sozinhos.

— Temo dizer que não posso permitir isso — respondeu Zeus. — Este é um lugar secreto, conhecido apenas por deuses. Você sabe onde estamos. O Carniceiro dos Deuses poderia usá-lo para nos encontrar. Isto não é bom. Então agora — apontou para Thor — você precisa ficar aqui.

O ar pesava com a tensão enquanto os deuses murmuravam.

— GUARDA! — chamou Zeus.

Os sentinelas espartanos de Zeus ergueram os escudos e espadas enquanto Zeus saía do caminho.

— Ei! — Valquíria exclamou para Thor. — Podemos seguir meu plano agora?

— Sim — disse Thor enquanto ainda mais soldados marchavam na direção dele. — Hora de derrubar ele.

A equipe entrou em ação. Jane pulou e jogou o Mjolnir, acertando um guarda que estava logo atrás de Thor. Sangue dourado espirrou para todo lado. Juntas, ela e Valquíria saíram de seus lugares para atacar, deixando Korg para trás.

— Ah, vocês não falaram "já" — reclamou Korg. Ele andou pesadamente até os amigos.

Thor puxou os raios que o prendiam ao chão. Com as amarras ainda presas nos pulsos, ele as utilizou como armas e chicoteou os soldados que se aproximavam.

Korg gritou para os amigos.

— Estou chegando!

Jane saltou no ar e deu um mortal como uma ginasta olímpica. Pegando o martelo ainda no ar, ela acertou-o contra o chão, jogando centelhas de raios para todo lado. Soldados caíam como moscas enquanto sangue dourado pingava no palco. Quando o Mjolnir voltou para Jane, ele se partiu em pedaços, acabando com outro esquadrão conforme os inimigos caíam com uma chuva de ouro.

Mais soldados chegaram.

Korg causou um certo dano com seu blaster. Ele atirou em um guarda por cima do ombro, girou e acabou com outro.

— Thor, pega! — Korg jogou a arma para Thor, que a pegou no ar e esmagou um soldado até não sobrar mais nada.

Thor arremessou a arma de volta e Korg a usou para fazer um soldado cair, pouco antes de Thor acertar um golpe mortal. Thor lutou contra ainda mais soldados, desarmado, enquanto Jane voava com o Mjolnir, acabando com os inimigos. Ela aterrissou de pé e aniquilou outros soldados com o martelo.

Valquíria não perderia para eles. Usando a espada, cortou qualquer um que chegasse perto. Sangue dourado voava por tudo. Era quase como se estivesse brincando com uma mangueira de sangue espartano em um dia quente.

Thor agarrou um soldado pelo peito da armadura e o utilizou como arma humana, jogando-o de um lado para o outro contra os guardas, até o soldado não conseguir mais lutar.

Zeus observou a batalha de seu trono flutuante, nas alturas. Chega. A pequena pulga espacial e seu circo haviam virado um problema. Ele invocou o Relâmpago até sua mão.

De volta ao palco, Korg gritou para Valquíria se abaixar. Ele jogou o blaster como um machado e acabou com mais soldados mas, enquanto ele estava de costas para o trono, Zeus jogou o Relâmpago. A arma passou pelo centro do corpo do Kronan.

— Korg! — Thor correu até ele.

Korg começou a se desfazer como se estivesse passando por uma avalanche interna.

— Thor! — choramingou Korg, impotente. — O que está acontecendo?

Thor ser aproximou enquanto os braços de Korg desmoronavam.

— Não, não, Korg!

— Estou morrendo — Korg virou uma pilha de destroços. Todos ficaram em silêncio.

O peito de Thor subia e descia, fervilhando de raiva. Ele se virou e gritou para o assassino de Korg.

— Zeus!

Zeus segurou o Relâmpago com firmeza.

— Você é o próximo, Odinson!

Ele lançou a arma contra Thor.

Thor a agarrou. A arma pareceu estar se recarregando nas mãos dele, ainda mais poderosa que antes. Os olhos de Thor brilharam em um tom branco azulado. Ele lançou o Relâmpago contra Zeus. A flecha atravessou o centro do seu peito. Faíscas voaram e, com o impacto, um trovão retumbou lá.

A arma voltou ao seu lugar no trono.

Os olhos de Thor voltaram ao normal.

— Esse é o som de um raio.

Zeus congelou, chocado. Saía fumaça do buraco em seu peito. Ele sabia que a festa havia acabado antes mesmo de começar. Ele grunhiu e despencou do trono, caindo por vários andares até chegar ao chão.

Thor voltou sua atenção para Korg enquanto os soldados continuavam a batalhar contra Jane e Valquíria. Ele se ajoelhou ao lado do que sobrou de Korg.

— Nãoooo! — Thor conseguia ver o shorts e as manoplas de Korg enquanto mexia nos destroços. Onde estava a cabeça dele? — Korg!

— Thor, eu tô aqui embaixo.

— Onde? — Ele remexeu mais. — Onde você está?

Finalmente, Thor encontrou o rosto de Korg.

THOR: AMOR E TROVÃO

— Aqui estou!

Thor pegou o rosto dele.

— Eu não morri! — proclamou Korg.

— Ah, meu Deus. Sim! — disse Thor. — Você está vivo!

— Parece que a única parte viva de um Kronan é a boca dele.

— Korguinho, escuta aqui — disse Thor. — Eu preciso que você chame os bodes — eles precisavam sair de lá.

— Vou fazer o que puder — respondeu Korg.

Thor passou o rosto de Korg para Valquíria.

— Protege ele com sua vida.

— Vou fazer isso — ela se agachou. — Pronto para uma carona? — perguntou para Korg.

Thor voltou a lutar com as mãos, jogando soldados para longe.

Valquíria usou suas longas tranças para prender Korg à própria cabeça, o rosto voltado para fora.

— Cubra minhas seis horas.

Enquanto Valquíria lutava contra ainda mais soldados, Korg avisava de outros ataques.

— Oito horas, Val.

Ela deu uma porrada em um soldado com a espada.

— Sete e quarenta e oito.

Ela lanceou o soldado de trás, acertando-o na barriga. Sangue dourado espirrou para todo lado.

Enquanto Valquíria cortava-os em pedacinhos, Korg assobiou para chamar os bodes. Da primeira vez, não funcionou. Ele praguejou baixinho.

— Eu consigo fazer isto. — Tentou de novo. — Não, não é assim não. Vamos, Korg, aperta esses lábios! — Ele assobiou lindamente, soando como uma flauta doce e uma harmônica tocando juntas.

O som era tão único e cativante que todos pararam por um momento para ver o que era aquilo.

Os bodes gritaram à distância, provando que tinham ouvido.

Os deuses olharam para cima.

Dois bodes passaram por uma janela superior e galoparam pela Bifrost que o Rompe-Tormentas mantinha na proa da nave que puxavam.

Foi um momento de estrela de rock.

Os bodes gritaram de novo e a nave bateu contra o trono flutuante.

Valquíria viu o trono descendo e trocou um olhar com Thor.

Assentiram. Era hora de pegar algo "emprestado".

Enquanto Jane e Thor voavam até a nave, Valquíria pulou no trono e tomou o Relâmpago de seu lugar. Ela beijou as costas da mão de uma donzela antes de pular da plataforma para se juntar à sua equipe, no lugar dela.

Ainda de toga, Thor apressou-se para chegar à proa da nave e pegar o Rompe-Tormentas. Um raio transformou Thor, e ele estava de volta à sua forma divina de sempre, com armadura e capa, enquanto partiam da Cidade da Onipotência em uma explosão de arco-íris e glória.

CAPÍTULO 14

Thor voltou para as crianças como fantasma e contou a elas o que acabara de acontecer.

— ... E então a Nave dos Bodes veio e nos resgatou, e saímos voando pela janela. Fim. Outra aventura clássica do Thor.

As crianças pareciam impressionadas. Axl estava sentado entre elas.

— Não acredito que você matou Zeus.

— Bom, sabe como dizem por aí — disse Thor. — Nunca conheça seus heróis. — Ele abriu um grande sorriso.

As crianças pareciam confusas.

— O que ele quer dizer? — perguntou um garoto.

— Mas o que importa — continuou Thor — é que estamos indo até vocês neste exato momento. Como vocês estão? Tudo bem?

Axl suspirou.

— Estamos bem. Um pouco assustados.

— Bom, escuta, eu sei como é ficar com medo. E, vou te contar, quando eu tinha a idade de vocês, eu acho que não teria sido tão corajoso quanto vocês estão sendo agora.

— Mesmo? — disse Axl.

— Na verdade, vocês devem ser os asgardianos mais corajosos que já conheci. Todos vocês. Então preciso que continuem tendo coragem, tá? E que cuidem uns dos outros. Vocês são uma equipe agora. Equipe das Crianças da Jaula.

Algumas crianças riram. Outras assentiram.

— Vocês conseguiriam fazer isso?

— É — disse Axl —, acho que a gente consegue.

Thor coçou o próprio nariz.

— Eu sei que sim.

De volta à cabine da nave, Valquíria coçava o nariz de Thor com uma das tranças enquanto ele estava na visão-transe-fantasmagórico.

— Thor? — perguntou Axl.

— Oi? — Thor cutucou o nariz de novo. Por que ele estava com tanta coceira?

— Eu fico feliz de ter conhecido meu herói — disse Axl.

— Ah, valeu, parceiro — ele esfregou o nariz de novo e pulou para fora da visão.

Na cabine da nave, Valquíria observou Thor acordar. Ela gostava bastante de provocar o amigo.

Jane estava sentada diante de uma mesinha.

— Como estão as crianças?

— Como você pode imaginar — disse Thor —, um pouco assustadas porque são crianças, mas eu falei que tudo está indo de acordo com o plano.

— Então você mentiu para elas? — disse Valquíria.

— Nós ainda temos um plano? — perguntou Jane.

— Sim, tem um plano — insistiu Thor.

— Não, não tem um plano — Valquíria encostou uma mão contra a bancada. — Nós fracassamos em montar um exército de deuses — ela gesticulou na direção do rosto de Korg, acima da bancada e apoiado na parede. — O Korg já era.

Korg levantou as sobrancelhas sulcadas.

— Ele não morreu — disse Thor.

— Eu não morri — concordou Korg.

— Bom, ele é uma cabeça. E você, te humilharam, hein. — Ela deu risada.

Podia até ser verdade, mas ninguém na sala parecia se importar com isso.

— O ponto — continuou Valquíria — é que nós vamos ao Reino das Sombras mais fracos do que estávamos quando começamos. Quer dizer, nós vamos morrer.

— Ninguém vai morrer, tá? — disse Thor. — Está tudo bem. Nós fomos bem lá no templo! Nós matamos Zeus!

Valquíria gesticulou para Thor.

— *Você* matou Zeus.

— Quer dizer, isso pode ou não pode ser catastrófico para o universo, e tudo bem, o reino inteiro dos deuses provavelmente vai nos caçar pelo resto dos tempos, mas escuta, vocês roubaram esta linda arma.

Ele pegou o Relâmpago da bancada e o levantou.

— Viram? Este é o exército. — Ele mostrou a arma como se estivesse fazendo a propaganda de um liquidificador. — É brilhante, é elegante, é poderosa, é belíssima...

Raios faiscaram. Thor notou o Rompe-Tormentas pulsando de ciúme no convés.

— Pra *você* — ele enfatizou enquanto passava o Relâmpago de volta para Valquíria. — Gostaria que isso ficasse para você, Valquíria. O que eu quero dizer é que não é bem minha praia porque eu tenho minha própria arma logo ali. — Ele notou que Valquíria segurava uma caneca grande. — Posso pegar isso emprestado rapidinho? — Ele pegou a caneca e saiu para falar com o Rompe-Tormentas.

— Ah, aqui está você, meu amigo — Thor passeou pelo convés na luz da lua.

A lâmina do Rompe-Tormentas estava de frente para os mares enquanto usava a energia da Bifrost na nave.

Thor bebericou da xícara e olhou ao seu redor.

— Aquela foi uma entrada e tanto. Olha só… — Sorriu. — Tudo bem entre a gente? Certo? Quero dizer, eu sei que é um pouco estranho ter minha ex-arma aqui na volta, mas fala sério… O Mjolnir? Isso é coisa do passado. Agora é você e eu.

Ele olhou de relance para a xícara. Talvez fosse hora do Rompe-Tormentas provar uma bebida asgardiana tradicional pela primeira vez. Poderia fazer a arma se sentir melhor. Derramou um pouco na cabeça do Rompe-Tormentas, e a energia arco-íris do machado brilhou em resposta.

— Delícia — Thor coçou a cabeça do machado como se fosse um bicho de estimação. — Desculpa por a gente estar brigando tanto.

De volta à cabine da nave, Jane olhava para o lugar por onde Thor saíra. Valquíria lançou um olhar como dizendo: *Essa é uma boa hora para falar algumas coisas com ele.*

Jane entendeu a mensagem e saiu pelo convés.

— Oi.

Thor se virou.

— Ah, oi! — Ele foi até Jane e olhou para o céu. — Uma vista e tanto, hein? — O céu noturno era glorioso, e parecia que a presença de Jane fez os oceanos brilharem mais ainda.

— É — concordou Jane. — Lindo.

Ele sorriu, nervoso.

— Eu só quer dizer que, hã, foi muito, muito impressionante, o que você fez lá atrás. Você e o Mjolnir. Você sabe…

Jane não disse nada, encarando-o com seus olhos cativantes.

— Foi… é… — Thor mal conseguia falar. — Golfinhos espaciais.

— Quê?

Thor limpou a garganta.

— Tem… — Começou de novo. — Você deveria ver alguns golfinhos espaciais. — Ele se virou.

Jane arquejou.

— Ah, uau. Que lindo. — Uma manada de animais parecidos com golfinhos terrestres cintilaram no céu pelas ondas astrais da atmosfera. Os sons que emitiam pareciam a canção de uma baleia.

— Tão lindos. Tão raros. — Thor ficou ao lado de Jane, e os dois estudaram os golfinhos juntos. — São criaturas muito leais…

Enquanto Thor e Jane falavam, Korg e Valquíria estavam de boa na cabine da capitã.

Korg estava cantando uma canção de amor animada que seu pai costumava cantar ao seu outro pai enquanto se cortejavam. Quando Korg acabou, ele perguntou a Valquíria se ela já tivera alguma pessoa especial em sua vida. Valquíria disse que sim, mas que não sabia se queria encontrar uma pessoa especial novamente. Korg se perguntou se Valquíria nunca se perdoara por perder sua namorada em batalha. Será que tinha medo de amar novamente? Ela não parecia ser tão diferente de Thor.

Do lado de fora, os golfinhos continuavam a jornada pelo céu.

— Lindos — Thor disse mais uma vez. — São umas coisas lindas. — Então, encarou Jane, que o pegou olhando para ela. Os dois desviaram os olhares.

— Jane — talvez fosse hora de falar o que sentia para ela.

— Thor — disse Jane.

Ele se virou para vê-la.

— Quero me sentir horrível por sua culpa.

Jane encarou Thor, confusa.

— Quê?

— Sabe, eu… — Thor hesitou. — Eu quero me sentir mal a respeito de algo, e eu acho que esse algo é você.

— Isso não está ajudando — disse Jane.

Thor afastou o olhar e tentou novamente. Contou para Jane do amigo que disse que era melhor se sentir mal ao perder o amor do que nunca o sentir.

— E eu acho que ele tinha razão — as palavras escapavam de Thor enquanto ele confessava a verdade. — E é assim que eu me sinto há muito tempo. Eu afasto as pessoas, mantenho a distância pelo medo da perda, mas não quero continuar assim. Não é como eu quero viver.

Jane simpatizava com isso.

— É melhor fechar o coração do que sentir a dor. — Agora ela estava entendendo.

— Foi o que eu fiz, sim, eu fechei meu coração e, e, e eu meditei. — Thor estava tão feliz que Jane havia entendido o que ele falou. — Vo-você medita?

— Não, isso é chato demais — disse Jane.

— Na verdade, me deixou com mais raiva. — Thor deu uma risadinha. — Mas eu cansei de me doar para a ideia do destino e tentar entender o que o universo quer de mim.

Jane entendeu.

— Eu quero viver no momento — acrescentou Thor, ficando mais confiante. — Quero viver como se não houvesse amanhã… jogar a precaução pela janela. Eu quero, eu quero estar com você, Jane.

Pronto, ele falou.

Jane suspirou.

— O que você acha? — Thor sorriu.

— Eu estou com câncer — os olhos de Jane se encheram de lágrimas. Bem na hora que Thor abriu seu coração, ela teria que quebrá-lo novamente.

O sorriso de Thor se desfez.

— Desculpa, o quê?

— Eu estou doente — ela se virou para sair.

— Espera, o que está acontecendo? — Ele não queria que ela fosse embora.

— Tchau.

— Não, não, não, Jane... Peraí, peraí, peraí.

Jane se virou, confusa. De que serviria estragar tudo para Thor?

— O que eu acabei de dizer? Eu não quis dizer isso. Brincadeirinha. Eu não tenho câncer — ela riu sozinha. — Vamos acabar com alguma coisa!

— Jane, eu sinto muito.

— Não lamente por mim — a última coisa que ela queria era piedade.

— Quando foi que você descobriu?

Pensar naquele momento fez sua voz tremer.

— Hã. Tipo seis meses atrás. Eu estava me sentindo cansada, e então eles disseram que eu estou no estágio quatro. Preciso deixar tudo em ordem. — Ela segurou as lágrimas. — E então ouvi o Mjolnir me chamando, então... Achei que se a ciência não está me ajudando, então, talvez, magia viking espacial! — Ela riu de novo por estar tão desesperada.

Thor conectou os pontos.

— E foi por isso que você veio pra Nova Asgard.

— É — disse Jane. — Achei que o martelo poderia me curar, e acho que estou ficando melhor. — a frase parecia uma pergunta, porém. — Talvez não.

Thor sabia como lidar com isso. Ela precisava que alguém falasse diretamente com ela, e quem seria melhor do que ele?

— Jane, nenhum de nós sabe quanto tempo vai viver. Nós não sabemos o que vai acontecer amanhã. E o Mjolnir, o Mjolnir te escolheu. E te escolheu porque você tem valor, e isso significa algo. Quando eu te conheci, eu não tinha valor. Eu não conseguia pegar aquele martelo. Mas você me ensinou que não tem um propósito maior do que ajudar quem precisa. *Você* me deu valor. Então, seja lá o que você quiser fazer, nós podemos fazer isso juntos.

Jane assentiu. Ele tinha razão. O Mjolnir a escolhera. Ela tinha valor.

— Tudo bem.

— E agora, o que você quer fazer? — disse Thor.

— Quero levar aquelas crianças de volta para as famílias delas. Quero terminar esta missão.

— Falou como uma verdadeira Thor. — Ele sorriu. — Como você está se sentindo agora?

— Estou tão assustada. Como você está se sentindo?

Thor explicou como se sentia terrível. Tipo realmente terrível.

— Então tá — disse Jane.

Ela se inclinou, e eles se beijaram.

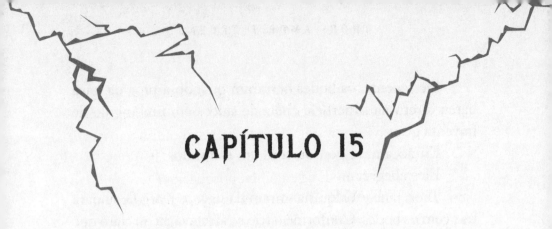

CAPÍTULO 15

Ainda atrás da bancada, Valquíria descansou o queixo nos braços dobrados enquanto Korg falava.

— Eu me pergunto sobre o que aqueles dois estão conversando.

— É, eles não estão conversando — disse Valquíria. De onde estava, podia ver os pombinhos apaixonados no convés.

Eles falaram sobre o casal. Korg se perguntou se Jane e Thor teriam filhos algum dia. Valquíria achava que não, mas não contou para Korg que sabia da doença de Jane. Korg lamentava a ideia de Thor não ter filhos. Ele achava que Thor seria um ótimo pai.

Foi aí que Valquíria notou uma coisa. Saiu da cabine e foi para o convés.

— Ei. Chegamos.

A lua diante deles parecia enorme. Era cinza e branca. Completamente sem cor.

Thor e Jane se afastaram. Eles se viraram para vê-la.

O mar, que tinha a cor azul, parecia desbotar até virar branco e preto. Jane e Thor olharam para seus braços, vendo a cor sumir de suas peles e roupas.

— Para onde foi toda a cor? — perguntou Korg.

A luz vinda do sol atrás da lua projetava sombras em toda a sua superfície.

Eles olharam para lá, admirados, enquanto se aproximavam.

De repente, os bodes berraram quando a proa da nave bateu direto na superfície cheia de sulcos em um ângulo de noventa graus.

Então, a nave pousou com um estrondo.

Eles chegaram.

Thor, Jane e Valquíria saíram da nave, e Korg ficou para trás com os bodes. Conforme o trio se afastava, ficou claro que o lugar não era muito grande. A superfície era curva, como a própria lua. Não demorou para encontrarem a jaula que Thor vira em suas visões com Axl.

— Eles não estão aqui — disse Jane.

A jaula estava vazia.

— Onde será que estão? — perguntou-se Thor enquanto passavam pela prisão à procura das crianças.

Eles encontraram uma série de grandes tendas conectadas como um acampamento temporário. Cada entrada e saída tinha abas que podiam ser empurradas para o lado para passarem por elas. Que tipo de lugar era esse? Thor perguntou-se. Era estranho encontrar algo assim em uma terra esquecida. Thor e Valquíria foram por um lado, Jane foi pelo outro.

Jane passou para outra sala e usou a luz suave de seu martelo para se guiar pela escuridão. O vento uivava, sacudindo as laterais da tenda. Jane notou uma coleção de desenhos em outra ponta. Imagens ilustravam os Nove Reinos com círculos concêntricos e, no centro de um dos desenhos, havia um machado de batalha que parecia o Rompe-Tormentas projetando a Bifrost em uma silhueta parecida com uma divindade, cujo rosto estava parcialmente coberto pelas sombras. A marca da Bifrost terminava no peito da figura. Se esta fosse a Eternidade, então…

— A Bifrost é a chave — notou Jane.

De repente, ouviu um grunhido baixo. Não estavam sozinhos.

Correu para fora da sala.

— É uma armadilha! — Agarrou o Mjolnir enquanto corria em disparada até Thor e Valquíria. Precisava manter o Rompe-Tormentas longe de Gorr.

Quando entrou em outra sala, viu o machado. Estava inclinado na parede, onde Thor o deixara antes. Jane jogou o Mjolnir por um momento e pegou o Rompe-Tormentas. Ela atirou o machado por uma abertura na estrutura. Thor e Valquíria ouviram o aviso de Jane. Ficaram atrás dela, prontos para lutar. Quando Jane se virou, o Mjolnir retornou até sua mão.

Uma figura encoberta apareceu do outro lado do acampamento. Os tentáculos de sombras se estenderam pelas paredes. Gorr empurrou para longe as longas trepadeiras pretas que deslizavam como cobras enquanto ele avançava na direção deles.

Thor sussurrou para Jane.

— Você quer me contar por que você jogou o Rompe-Tormentas pela janela?

— Ele precisa dele para abrir os Portões da Eternidade — respondeu Jane.

Gorr continuava indo até eles. As trepadeiras cresceram até cobrir quase toda a superfície da sala. Ele tirou o manto para revelar uma cara desprezível.

Jane não perdeu mais tempo e jogou o martelo contra Gorr.

O Carniceiro dos Deuses se esquivou com facilidade. Rugiu e, com um movimento veloz com a mão, ele deu suas ordens. As trepadeiras pegaram Thor, Jane e Valquíria do chão e os prenderam pelos braços e as pernas. Elas tomaram o Relâmpago e o Mjolnir.

THOR: AMOR E TROVÃO

Thor tentou se soltar, suspenso no ar.

Gorr se aproximou de Thor até ficar a centímetros do rosto dele.

Thor grunhiu quando as trepadeiras o apertaram mais.

— Precisamos parar de nos encontrar assim.

Os olhos de Gorr brilharam com um tom laranja como fogo, mas seus dentes podres eram muito mais assustadores.

— Chame o machado — rosnou.

— Vou chamar o machado quando você chamar um dentista.

Gorr repetiu mais uma vez, ofegante agora, como se quisesse torturar Thor com seu rancor.

— Chaaaame o machaaaado.

Thor recusou.

— Me diga onde estão as crianças ou eu vou te matar...

Uma trepadeira amordaçou Thor, e outra vinda de trás forçou a mão dele a se abrir.

— Chame o machado — Gorr disse mais uma vez. Estava ficando impaciente.

Thor reuniu toda sua força. Não chamaria o machado. Conseguiu lutar contra a trepadeira em seu pulso e fechar o punho.

— Que grande deus você é — disse Gorr.

Então, deixou Thor falar. Uma trepadeira saiu da boca de Thor.

— Você não sabe nada sobre ser um deus — cuspiu Thor.

Gorr o amordaçou novamente.

— Você foi pedir ajuda para os deuses, e eles não fizeram nada. Somos iguais nesse sentido.

Valquíria zombou:

— Ele não é nada como você.

106

Gorr acenou um dedo para Valquíria e as trepadeiras a trouxeram para mais perto.

— O que foi isso?!

— Eu disse que ele não é nada como você.

— É verdade — disse Gorr, tocando o lindo rosto de Valquíria com as pontas nojentas de suas unhas. — Eu não sou hipócrita. Estou criando paz de verdade.

— Paz?! — disse Valquíria. — Você está assassinando deuses inocentes!

Gorr fingiu surpresa.

— Inocentes? Você é uma Valquíria?

— Sim.

Ele deu uma risadinha.

— Que empolgante! — Inspirou. — Ah, os deuses também fracassaram com você, quando sua irmandade foi massacrada.

— Não ouse... — Uma trepadeira cobriu a boca dela, silenciando-a.

Gorr fingiu chorar com um olhar desesperado.

— Você rezou para os deuses quando as mulheres que você amava morreram em batalha? Você implorou que a ajudassem — a voz dele ficou mais baixa, choramingando — quando sua família foi massacrada?

Valquíria segurou as lágrimas. Não queria dar a esse monstro a satisfação de vê-la chorar.

— Ótima conversa — Gorr sacudiu a mão na direção de Valquíria, e as trepadeiras a puxaram para longe dela. Ela falava demais.

A próxima foi Jane. Ela também fora silenciada com uma trepadeira.

— Esta daqui. Você é interessante — Gorr se aproximou.

Thor lutou contra as trepadeiras.

— Você é diferente — continuou Gorr. — Sim.

Jane se sacudiu. Era inútil.

— Ah — disse Gorr com simpatia. — Você está morrendo. — Ele a aproximou pelo rosto. — Sinto muito. Estamos no mesmo caminho.

Thor grunhiu enquanto continuava a resistir.

— Assim como a espada me empoderou — Gorr falou para Jane —, o martelo a empoderou. Mas não mudou seu destino. Os deuses vão usá-la, mas não podem te ajudar. Não há recompensa eterna para nós. — Ele a soltou e, com outro movimento de sua mão, as trepadeiras a afastaram.

Gorr voltou para Thor.

— Ela morrerá logo — sussurrou. — E sabe quem não vai poder ajudá-la? Você tem uma chance. — Ele deu risada.

Gorr fez Jane e Valquíria aparecerem de novo. Ele moveu Thor para o lado e passou um braço ao redor dos ombros dele, como se fossem velhos amigos. Cantarolou sozinho, vendo as duas mulheres ainda cheias de vida.

— Conheço sua dor — disse no ouvido de Thor. — O amor é dor.

Gorr olhou para Jane.

— Um dia, eu tive uma filha. Tive fé em um poder maior, torcendo para que a salvassem, e ela… morreu — ele exalou lentamente, como se estivesse tentando dissipar a memória. — Agora eu entendo. Minha filha teve sorte. Ela não precisou crescer em um mundo de sofrimento e de dor, administrado por deuses cruéis.

Valquíria e Jane se olharam. Tinham que pensar em algo.

— Escolha o amor — Gorr sibilou na orelha de Thor. — Chame o machado.

Gorr fechou uma mão aberta, e as trepadeiras apertaram a garganta de Jane. As veias da testa dela começaram a saltar. Não conseguiria aguentar muito mais.

Gorr repetiu.

— Chame o martelo — a trepadeira apertou Valquíria. Ela implorou para Thor com os olhos.

Thor não conseguia suportar ver nenhuma delas assim. Grunhiu, tentando se soltar, mas o poder de Gorr parecia imensurável. Thor não tinha escolha. Ele também precisava do Rompe-Tormentas.

Raios faiscaram na ponta de seus dedos. Seus olhos ficaram brancos azulados e brilhantes.

E, então, Thor chamou o machado.

CAPÍTULO 16

Mas Thor tinha outros planos para o Rompe-Tormentas. O machado de batalha foi para a mão de Thor, e raios explodiram com tanta força que detonaram o acampamento inteiro, mandando ondas de choque por toda a lua. Thor sabia que, assim que as trepadeiras fossem destruídas, Jane e Valquíria estariam livres. Elas poderiam chamar suas próprias armas.

Gorr emergiu do chão sem nenhum machucado. Ele plantou a Necroespada na superfície da lua e chamou todos os monstros de sombras que conseguia imaginar.

Thor, Jane e Valquíria tinham ido parar em outro lugar.

— Você tá bem? — Thor perguntou a Jane enquanto inspecionavam o terreno rochoso. Podiam ouvir os monstros de sombras guinchando a distância.

— Sim — disse Jane. — Eu quero trucidar esse cara.

— Eu também — respondeu Thor. — Mas nós precisamos pegá-lo vivo. Ele é nossa única pista para encontrar essas crianças.

Enfim, as colunas, espinhos e patas aracnídeas dos monstros de sombras adornaram o horizonte. Valquíria e Jane observaram os monstros avançarem na direção deles.

Perto dali, o Carniceiro dos Deuses emergiu do chão com a Necroespada. Ele travou o olhar em Thor e fez um gesto para o Rompe-Tormentas com a mão.

Thor apontou para o machado de guerra como se estivesse se perguntado se era isso que Gorr queria. Ele abanou a mão para Gorr. *Pode vir pegar.* Os olhos dele brilharam em branco azulado, e os dois se aproximaram. E, então, aumentaram a velocidade até virar uma corrida.

Era Gorr versus Thor.

Necroespada versus Rompe-Tormentas.

Quem venceria?

Ou morreria?

As armas colidiram em um clarão de raios, soltando uma onda concêntrica de energia que poderia matar qualquer um, exceto esses dois.

Gorr atacou de novo. Thor saiu do caminho e devolveu o favor. Gorr deslizou para trás, fazendo a lâmina da Necroespada diminuir a velocidade até parar.

Eles se enfrentaram de novo.

Enquanto isso, Jane e Valquíria investiram contra os monstros de sombras. Jane, usando seu martelo, acabou com vários. Ela bateu direto no queixo de um monstro do tamanho de um prédio. A cara retorcida explodiu com o impacto.

Valquíria saltou no ar e parou nas costas de uma criatura gigantesca que parecia um ouriço-do-mar. Ela o estraçalhou com o Relâmpago enquanto o monstro guinchava.

As batalhas ocorriam por toda a lua, ao som dos berros dos monstros e clarões azuis e laranja.

Até mesmo os bodes participaram quando um monstro rastejante e inidentificável virou a nave ao mover seu braço colossal. O impacto jogou Korg para longe. Os bodes gritaram, é claro, muito infelizes, inclusive, antes de um deles pegar Korg com a boca e levá-lo a um lugar seguro, enquanto a outra dava uma cabeça nocauteante no monstro.

— Ah! Obrigado, Sr. Bode — o Kronan adorou.

Enquanto isso, a batalha contra Gorr seguia com tudo. Thor deu uma porrada na cabeça do Carniceiro dos Deuses e ele rodopiou no ar antes de afundar no chão. Era o momento perfeito para Valquíria usar o Relâmpago. Ela conseguiu atacar, mas Gorr bloqueou a tentativa com a Necroespada. Jane e seu martelo apareceram do nada, e Gorr também conseguiu se defender dela. Então Thor girou o Rompe-Tormentas como um taco de golfe e atacou. Ele acertou as costas de Gorr e o Carniceiro dos Deuses saiu voando. Quando Gorr caiu de volta ao chão, Valquíria estava pronta. Ela o esfaqueou por trás com o Relâmpago. *Na mira!*

Saiu sangue da boca de Gorr.

Jane e Thor não haviam notado. Estavam ocupados com algo que parecia o padrinho colossal de uma aranha detestável, e depois um monstro que poderia ser um primo distante de um tricerátops ninja. O monstro açoitou Jane com o rabo cheio de espinhos, e ela voou para trás, dando um mortal. Quando Jane derrapou até parar, ela tentou se levantar, mas caiu, ficando em um só joelho.

Brandindo o Relâmpago, Valquíria tentou novamente com o Carniceiro dos Deuses, que continuava de pé. Ela mirou o raio para golpear Gorr com ele, mas, de repente, o inimigo sumiu, só para reaparecer atrás dela. Ele tomou o Relâmpago da mão dela e a esfaqueou por trás.

O rosto de Valquíria ficou lívido.

Gorr puxou o raio de volta, e Valquíria caiu no chão, agonizando.

— Val! — Thor correu até ela. Trepadeiras apareceram no chão e o seguraram.

Jane viu Valquíria tentar se levantar.

— Precisamos tirar ela daqui! — Ela saiu com o martelo.

Ao mesmo tempo, Thor usou o poder do Rompe-Tormentas para se livrar das trepadeiras. Ele apontou para

Gorr e projetou uma explosão de raios na direção dele. Gorr bloqueou o ataque com a Necroespada, e os dois se preparam para lutar. Feixes de raios ricochetearam entre as duas armas. Gorr rugiu em agonia pela dor causada pelo ataque de Valquíria. Não conseguiria bater de frente contra Thor para sempre.

Jane segurou Valquíria.

— Te peguei — ela carregou Valquíria no ar usando o Mjolnir.

Gorr desapareceu para dentro do chão, quebrando o impasse, ao mesmo tempo em que Jane chegava carregando Valquíria atrás de Thor.

Os bodes se juntaram a eles.

— Oi, gente — disse Korg, na boca de um bode. — Chegamos. Vamos, vamos lá.

Thor olhou uma última vez para onde Gorr estivera. Teria que lidar com ele mais tarde. Ele investiu com o Rompe-Tormentas na direção do céu.

— Nos leve para casa.

A Bifrost se abriu com um raio e, bem quando Thor estava prestes a ser sugado para dentro, Gorr apareceu em uma fração de segundo e tomou o cabo do Rompe-Tormentas, enquanto os bodes, Korg, Valquíria e Jane eram carregados. Thor se agarrou ao Rompe-Tormentas em um cabo de guerra com Gorr. Mas a força da Bifrost era grande demais. Thor perdeu o controle do machado e foi tirado de lá.

Quando a Bifrost fechou, tudo que sobrou foi Gorr em um cenário desolado e sem cor.

E o Rompe-Tormentas.

Gorr arrastou o machado como se ele estivesse morto. A Necroespada foi para sua mão livre durante o trajeto. Era claro para onde iria a seguir.

A Eternidade.

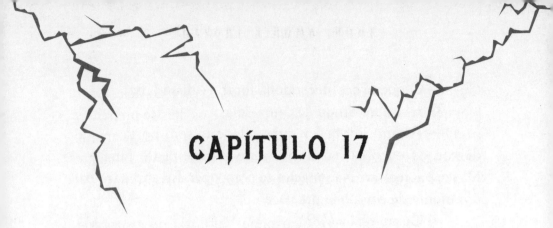

CAPÍTULO 17

Em Nova Asgard, a Bifrost soltou seus viajantes em uma colina. Todos caíram na grama.

Valquíria mal conseguia se mover.

Quando Thor levantou, procurou Jane. Ela não estava longe, mas não era mais a Poderosa Thor. Era a Jane mortal, mais pálida do que nunca, os olhos afundados, vestindo um moletom, jeans e tênis. Ele a viu rastejar até o Mjolnir e tentar pegar o martelo antes de cair para o lado.

Em pouco tempo, Thor estava em um saguão com uma médica na enfermaria de Nova Asgard.

— Há métodos mais agressivos de tratamento que podemos tentar — disse a médica. — Mas tem algo afetando a capacidade do corpo dela de lutar contra o câncer. — Ela tocou o ombro de Thor. — Sinto muito, Thor. — E o deixou sozinho com seus pensamentos.

Thor tentou absorver a informação, sabendo que o "algo" era o Mjolnir. Ele se virou para ver uma máquina de comida conforme a raiva tomava conta dele.

No quarto, Jane estava deitada na cama de hospital, mexendo um controle remoto. Ela ouviu um tumulto terrível vindo do saguão. Parecia que alguém estava quebrando vidro e retorcendo metal. Ela deixou o controle remoto de lado quando Thor entrou com os braços cheios de salgadinhos.

— Aí está! — sorriu Thor.

— O que tá acontecendo lá fora? — disse Jane.

Thor se aproximou da cama dela.

— Algum idiota fez uma geladeira sem porta — ele deixou os pacotes na mesinha de cabeceira de Jane. — Dá para acreditar? Não precisa se preocupar. Eu abri e trouxe um monte de coisa boa pra você.

— Como está a Val?

— Ah, sentindo um monte de dor — respondeu Thor. — Mas estável.

— Tá bom, que ótimo. — Jane se esticou para pegar o soro. — Agora eu só preciso tirar isso do meu braço.

Thor foi até Jane.

— Não, não, não. Isso precisa ficar aí. É toda a magia e as poções e os elixires fazendo o que precisam fazer.

Jane parou, ouvindo Thor.

— Então, eu só vou dar uma saidinha, pegar as crianças, matar o malvado e então volto direto aqui — Thor se abaixou e beijou a testa dela. Fez menção de sair.

— Você vai sem mim? — perguntou Jane.

Thor fez uma pausa.

— Hã, é.

— O que aconteceu com, tipo, fazer tudo junto? Ele vai usar essas crianças pra te distrair. Você precisa de mim.

— Bem, sim, preciso de você, Jane. Eu preciso de você viva. Seria ótimo ter você no campo de batalha, lutando contra Gorr lado a lado, mas esse martelo está te matando. Cada vez que você o usa, ele suga toda sua força mortal, e seu corpo não consegue lutar contra o câncer.

— E quanto a "viver como se não houvesse amanhã"?

— Bom, isso foi antes de saber que você poderia não ter um amanhã.

— Por que não posso ter mais uma aventura?

— Jane — disse Thor —, se tem uma chance de você viver, você precisa aproveitá-la.

Jane sacudiu a cabeça.

— Falou como um verdadeiro Thor sem câncer.

Thor não sabia como responder.

Jane olhou para o outro lado.

— Eu sei que eu pareço uma astrofísica legal do Novo México, vivendo seu sonho, mas olha eu agora. Quero continuar lutando. Eu sou a Poderosa Thor. E você não quer que eu faça isso? De que vale ter mais tempo — ela gesticulou para o quarto — assim?

— Vale pelo fato de que eu te amo — disse Thor, com a voz falhando. — Eu sempre te amei.

Ele não podia perdê-la.

Mais uma vez.

— Essa é uma chance para nós — falou Thor. — Mas se você pegar aquele martelo de novo, então essa chance vai acabar.

Jane sabia que ele tinha um bom argumento, mas ela também tinha. Não sabia o que fazer.

Thor se recompôs e se sentou na ponta da cama. Ele pegou a mão de Jane.

— É sua escolha, Jane. Mas eu me arrependeria todos os dias se eu não te pedisse para ficar aqui enquanto nós tentamos resolver esta situação.

Jane também queria o que Thor queria. Se houvesse uma chance. Por amor.

— Acho bom você voltar para mim.

Thor ficou aliviado.

— Vou voltar assim que der.

Jane sussurrou:

— Boa sorte.

— Quem precisa de sorte é ele. — Thor se despediu de Jane com um beijo e torceu para que não fosse o último.

Quando Thor saiu da enfermaria, ele encontrou Valquíria do lado de fora com o Relâmpago, sentada em um banco.

Valquíria já estava pensando no que diria para Thor.

— Lembre-se de que o Portão da Eternidade fica literalmente no centro do universo. Se você passar pelo aglomerado de cometas...

Thor a interrompeu.

— Universo, sim. Sim, eu sei, nós já falamos sobre isso. Não vou me perder. E você, como está se sentindo com essa ferida?

Valquíria estremeceu ao pensar no assunto.

— Acho que perdi um rim.

Thor fez cara feia.

— Inteirinho?

Que bom que ela tinha dois.

— Eu queria ir contigo — disse Valquíria —, mas eu provavelmente morreria e isso não ajudaria as crianças, então você vai ter que ir sozinho. Tudo o que você precisa fazer é destruir aquela espada. — Ela se levantou, encolhendo-se de dor. — É a fonte do poder dele. Ele não vai sobreviver por muito tempo sem ela. — Ela deu o Relâmpago a Thor. — Ei. Não morre.

— É, eu sei.

Com isso, eles foram por caminhos separados.

Thor se agachou no gramado e ativou o Relâmpago. Uma esfera de energia se formou ao redor dele e, em poucos momentos, ele sumiu.

No Reino das Sombras, Gorr estava com as crianças asgardianas enquanto eles assistiam às rochas se erguerem da terra para formar enormes estátuas de entidades celestiais de muito tempo atrás. A terra se tornou um chão de pedra entalhado com um padrão dos Nove Reinos. Muros cercaram o espaço cavernoso do templo. Diante do templo, a estátua de uma divindade começou a se materializar. Com o Rompe-Tormentas jogado nas costas, Gorr se aproximou da estrutura enquanto a pedra completava seu trabalho. Ele tirou o capuz de seu manto enquanto chegava mais perto. O rosto da estátua estava parcialmente coberto por sombras, e a marca da Bifrost era visível em sua base.

— Eternidade — murmurou Gorr. — Enfim.

Ele sabia o que precisava fazer. *Invocar a Bifrost.*

Ele investiu contra o chão usando o Rompe-Tormentas, e trepadeiras negras circularam o cabo para mantê-lo no lugar. A Bifrost saiu do machado, atingindo a marca circular. A marca se iluminou do centro, absorvendo a energia.

Não demoraria muito para os Portões da Eternidade se abrirem.

CAPÍTULO 18

As paredes do templo tremeram com a força da Bifrost. Relâmpagos estalaram e trovões retumbaram. Crianças gritavam do centro do templo. Gorr olhou para trás por um momento, mas não pareceu se importar com o fato de uma enorme estátua estar caindo aos pedaços. As crianças se encolheram quando a cabeça da estátua quebrou e caiu na direção delas. Todos estavam prestes a serem esmagados

Mas isso não aconteceu.

As crianças engasgaram de surpresa.

Thor jamais deixaria algo assim acontecer.

Ele conseguiu chegar na hora certa. Ele levantou a enorme cabeça de pedra no ar.

— Ei, crianças.

Axl sorriu.

— Eu sabia que ele viria.

Thor ordenou que as crianças saíssem do caminho.

— Vão! Vão, crianças!

Eles passaram correndo por ele em direção à parte de trás do templo, e o mais longe possível de Gorr.

Thor jogou a cabeça do mamute contra a parede. Escombros voaram para todos os lados. O chão rachou com o impacto.

Ele então se juntou às crianças.

— Estão todos bem? Venham cá, venham cá! — Ele deu um tapinha nas costas de Axl. — É bom te ver pessoalmente, amigo. É bom te ver.

Com a aura da Bifrost atrás dele, Gorr fez uma careta para Thor. Ele imaginou que teria que lidar com isso. Mergulhou a Necroespada em direção ao chão e liberou uma massa escura de sombras que se tornaria seu exército.

— Tá — Thor disse para as crianças. — Escutem. Esse é o plano. Vamos de mansinho em direção ao Rompe-Tormentas, sendo muito cuidadosos pra não esbarrar em nenhum daqueles monstros de sombras.

As crianças engasgaram e estremeceram quando olharam para além de Thor.

— Eles tão atrás de mim, não estão? — Thor se virou para ver os monstros de sombras vindo em direção a eles do outro lado do espaço. A energia da Bifrost continuou a golpear o Portão da Eternidade.

Thor olhou para as crianças com um semblante sério.

— Alguém aqui tem experiência em batalha?

As crianças balançaram a cabeça.

— Bem... — Thor sorriu. — Bom, a melhor hora pra aprender é o presente.

— Não somos fortes que nem você — disse uma garota. — Somos só crianças.

— Ei, não se esqueça que vocês são crianças asgardianas — Thor respondeu.

— Eu não sou — disse um menino-lobo. — Eu sou uma criança Lycan.

— E eu sou midassiano — disse um garoto que parecia feito de ouro.

Alguém gritou lá de trás.

— Eu sou falligariano!

As crianças tinham razão.

— Ok, ok, mas hoje, vocês são asgardianos. Agora, peguem suas armas.

As crianças pareciam confusas.

Thor apontou para os escombros da estátua quebrada atrás deles.

— Vá e encontre qualquer coisa que você possa usar como arma.

As crianças vasculharam em busca de fragmentos espalhados pelo chão, exceto por uma menina que se agarrou a seu coelhinho de pelúcia como se sua vida dependesse disso.

— Tragam até aqui — gritou Thor. Os monstros ainda estavam do outro lado do templo, deslizando na direção deles. — Rápido, rápido! Eles estão se aproximando. Vamos logo!

As crianças agarraram tudo o que puderam encontrar. Eles se reuniram na frente de Thor enquanto ele fazia um discurso.

— Hoje é um dia que vai ficar na história. Hoje é um dia que será falado por gerações a seguir. Hoje somos vikings espaciais! Apresentem as armas!

As crianças levantaram fragmentos da estátua. A garota levantou seu coelho.

Thor segurou o Relâmpago perto de seu rosto e fechou os olhos.

— Aqueles que portarem essas armas e acreditarem que voltarão pra casa, se forem leais em seu coração e, sendo assim, dignos, possuirão, por um tempo limitado, o poder... de Thor!

Ele ergueu a mão quando um raio surgiu de suas pontas dos dedos. Seus olhos brilhavam azuis-esbranquiçados. Ele apontou o raio para as crianças, e a energia dourada irradiou através delas como uma gigantesca teia de criação de super-heróis.

THOR: AMOR E TROVÃO

Suas armas brilhavam em ouro, assim como o Relâmpago, assim como seus olhos.

— General Axl — Thor disse, enquanto Axl seguia em frente. — Lidere seu exército até o machado.

— Vamos mostrar pra eles — Axl se virou com Thor para encarar seus inimigos. — Por Asgard.

Thor e as crianças soltaram um grito de guerra, então correram em direção a um bando de monstros de sombras que vieram em sua direção — presas, pontas, chifres, garras, tentáculos e caudas. Eles se chocaram no centro do templo.

Relâmpagos cintilaram entre eles. Thor saltou no ar para seu primeiro ataque.

As crianças se uniram e lutaram como nunca, do mesmo jeito que crianças sonham quando se trata de batalhas imaginárias, exceto que aquela luta não era uma partida de videogame. Tudo aquilo era real, e um pouco mais sangrento.

Bolas de fogo relâmpago voaram por toda parte. Vários monstros foram decapitados e bifurcados.

Axl deu socos supercarregados, saltou no ar e lançou raios em todas as direções. Enquanto as crianças brigavam com seus inimigos, uma garota deslizou pelo chão e acertou o rosto de uma criatura cheia de dentes e com vários olhos. Ele entrou em chamas.

As crianças estavam acabando com todas as bestas, descartando-as como lenços usados.

Um menino se lançou no ar, então atingiu o chão com uma bola de fúria que enviou uma onda concêntrica de energia arrebentando tudo ao seu redor e derrubando os inimigos com suas garras.

Elas tinham tudo sob controle; era hora de Thor pegar seu Carniceiro. Ele deu um salto voador e aterrissou na frente de Gorr, perto do Rompe-Tormentas.

Agora era Gorr contra Thor.

Necroespada contra Relâmpago.

Quem ganharia?

Eles se enfrentaram e lutaram. Gorr levou um soco no rosto e um golpe com o raio.

Enquanto isso, as crianças guerreavam. Uma garotinha amarrou uma criatura com um laço de relâmpago enquanto corria em círculo, então partiu o monstro ao meio. Brincadeira de criança.

Outra garota colocou seu coelho em ação quando um raio disparou de seus olhos. Ela gritou enquanto girava em um círculo como se estivesse andando em um carrossel, eliminando todos os monstros na linha de fogo.

Relâmpago e Necroespada se enfrentaram mais uma vez. Gorr conseguiu roubar a arma de Thor e jogá-la de lado. Antes que Thor pudesse chamá-lo de volta, Gorr o socou no estômago com o punho da espada. Thor se encolheu.

Enquanto lutavam, Jane dormia em uma cama de hospital. Ela se mexeu como se pudesse sentir Thor em perigo. Ela sentou-se ereta, sem fôlego. Uma luz fluorescente reluziu atrás dela. Ela olhou para a esquerda e encontrou o Mjolnir pairando ao seu lado.

Thor tentou se levantar do chão. Gorr deu um soco no rosto dele e o derrubou de costas. Ele ergueu a Necroespada para o alto com as duas mãos, mas Thor conseguiu segurar a lâmina entre suas manoplas antes que Gorr pudesse perfurar seu peito.

Isso permitiu que Thor canalizasse a energia divina que tinha. O que sobrava dela, quer dizer. Seus olhos brilharam quando faíscas saíram de suas mãos. Quanto tempo mais ele poderia segurar Gorr? Gorr se esforçou ainda mais, pressionando o punho da espada com toda a força.

Quem ganharia?

De repente, algo atingiu Gorr na cabeça, fazendo-o voar pra longe, caindo perto dos Portões da Eternidade.

Era o Mjolnir. O trovão retumbou.

As crianças pararam e olharam para cima. Axl comemorou quando viu uma explosão de relâmpago bem acima dele.

Um Pégaso e sua amazona emergiram de cima.

Thor olhou para cima.

— Não.

A Poderosa Thor havia chegado. Mjolnir voltou para a mão de Jane enquanto Warsong batia suas asas. Jane saltou do cavalo e pousou no chão, parecendo mais forte do que nunca.

CAPÍTULO 19

O capacete de Jane se retraiu. Ela acenou para Thor com a cabeça. Thor a encarou, decepcionado. A única coisa que pôde fazer foi dizer o nome dela:

— Jane.

Jane não respondeu. Ela sabia que ele não a queria lá se isso significasse sacrificar a vida dela, mas como ela poderia não ajudar? Ela recolocou o capacete e voou para cima com o Mjolnir.

Thor voltou sua atenção para Gorr.

Era hora de trabalhar.

Thor atingiu Gorr com o Relâmpago antes que ele pudesse se levantar. Jane seguiu logo depois com Mjolnir.

Os dois Thors desferiram seus golpes: um chicote com os cacos do martelo; uma detonação voadora supercarregada do Relâmpago. Gorr rolou até parar no chão, imóvel.

— Se destruirmos aquela espada, ele morre — disse Thor.

Jane encarou a Bifrost.

— O portal está quase aberto. Você tem que parar o Rompe-Tormentas.

A marca circular estava ficando cada vez mais brilhante.

Thor encarou Jane.

— Tá tudo bem — disse Jane enquanto apontava para Gorr. — Eu cuido dele.

Thor não tinha tanta certeza, mas não havia tempo para discutir.

Ele correu até o machado enquanto as crianças continuavam a lutar sem medo contra os monstros de sombras, dando chutes e socos com tudo o que tinham.

No centro da Bifrost, uma estrela de luz emergiu e foi crescendo a cada segundo que passava.

— Rompe-Tormentas, pare com isso! Tenta se controlar, olha o que você está fazendo! — Thor gritou. Ele percebeu que vinhas que pareciam mãos demoníacas estavam segurando seu machado no lugar. Thor cerrou os dentes e puxou. — Vou tirar você daí. Vambora! Anda, amigo.

Enquanto isso, o Carniceiro dos Deuses lutava com Jane.

Gorr contra o poderoso Thor.

Necroespada contra Mjolnir.

Quem ganharia?

Enquanto lutavam, Jane tentou agarrar a espada de Gorr, mas Gorr não desistia tão facilmente.

Thor tinha seus próprios problemas. Ele usou o Relâmpago para atacar as vinhas uma e outra vez.

— Solta agora o meu amigo!

Assim que ele cortava uma vinha, ela voltava a crescer.

Ao mesmo tempo, Gorr puxou a espada para trás e foi direto na cabeça de Jane. Ela desviou e bloqueou mais ataques com Mjolnir e sua manopla.

Gorr colocou Jane em uma chave de braço.

— Você perdeu, Lady Thor.

Ela deu uma cabeçada nele com força e, quando o socou novamente, ele a agarrou e a jogou para o alto. Ela caiu no chão, capotou e diminuiu a velocidade até parar agachada.

Jane se levantou.

— Primeiro, meu nome é Poderosa Thor!

Ela se virou e arremessou o martelo. Gorr bloqueou o golpe com a Necroespada, e o martelo ricocheteou.

— E segundo — Jane continuou enquanto corria em direção a ele, e o Mjolnir voltou para sua mão. — Se você não consegue dizer Poderosa Thor, eu também aceito Dra. Jane Foster!

Ela balançou o martelo e relâmpagos dispararam pelo chão. Gorr capotou com o impacto e caiu de costas.

— E terceiro. Engula. Meu. Martelo! — Jane voou para cima ele, segurando o Mjolnir com as duas mãos bem acima da cabeça. Ela investiu para baixo para esmagá-lo.

Mas Gorr estava pronto. Ele se sentou e bloqueou o golpe de Jane com a Necroespada. Relâmpagos dispararam de todos os lados enquanto eles se chocavam.

Rachaduras finas irradiaram através da Necroespada.

Enquanto isso, Thor continuou a golpear as videiras segurando o Rompe-Tormentas com o Relâmpago.

As armas de Jane e Gorr estavam travadas em um impasse. Mas Jane ganhou vantagem enquanto se elevava acima de Gorr. Ela pressionou o Mjolnir para baixo. À medida que Gorr enfraquecia com o ataque de Jane, o mesmo acontecia com as vinhas que seguravam o Rompe-Tormentas.

A Necroespada se aproximava cada vez mais da cabeça de Gorr.

Ao mesmo tempo, o poder do Rompe-Tormentas ficou mais forte.

Assim que a lâmina tocou Gorr, a energia explodiu dela. Jane e Gorr caíram pra trás.

Thor puxou o machado e gritou:

— Rompe-Tormentas!

As vinhas explodiram. O machado caiu de lado assim que a Bifrost se fechou e os Portões da Eternidade se abriram.

Thor pegou o Rompe-Tormentas.

— Eu sabia que você ia conseguir! — Ele se virou e chamou as crianças. — Axl!

Axl se virou.

Thor jogou o Rompe-Tormentas para Axl, que o pegou.

— Leva eles pra casa!

Com um golpe do machado em direção ao chão, Axl atirou as crianças através da Bifrost em uma gigantesca explosão de luz do arco-íris.

Jane se apoiou com uma mão enquanto se agachava no chão. Seu rosto e braços estavam cheios de cortes e machucados. Ela sabia que o fim estava perto.

Não muito longe, Gorr também sofreu alguns danos. A Necroespada estava rachada, mas ainda intacta. A batalha ainda não acabou. Nada estava acabado para ele.

Gorr saltou para atacar Jane enquanto ela estava caída, mas Thor o bloqueou no ar, colidindo com a espada. Eles caíram no chão, e Thor chutou Gorr no peito. Gorr cambaleou para trás.

Gorr partiu pra cima de Thor com a Necroespada. Thor pegou a lâmina com duas metades do Relâmpago pouco antes de ser cortado ao meio de cima para baixo. Um relâmpago dourado brilhou de suas armas. Enquanto Thor se esforçava para segurar Gorr, ele se virou para Jane.

Ela estava tão fraca que já não conseguia se manter de pé. Mas ela acenou para ele, e ele entendeu a deixa. Eles fariam isso juntos.

Seus olhos brilhavam branco-azulados, e relâmpagos faiscaram através das armas. O olhar no rosto de Gorr era igual à raiva de Thor. A boca do Carniceiro de Deuses se abriu como se ele quisesse morder a cabeça de Thor. Ele o empurrou contra a espada.

Thor canalizou todo o poder dentro de si em nome de seu Poderoso Thor. Ele conseguiu mover a lâmina para longe de sua cabeça, milímetro por milímetro, para que Jane pudesse ter um tiro certeiro.

Jane viu a oportunidade e reuniu toda a força que tinha, então arremessou Mjolnir. O martelo voou pelo ar e colidiu com a lâmina da Necroespada, quebrando-a em pedaços.

Thor observou a espada quebrar no punho. Era como se o tempo passasse em câmera lenta. Gorr foi jogado para trás com o impacto. Ele caiu no chão e convocou a Necroespada, mas apenas o cabo voltou para sua mão estendida.

Jane chamou Mjolnir e, quando o martelo voltou, ele se quebrou e seus pedaços se misturaram aos cacos da lâmina que acabara de quebrar. Quando o Mjolnir se recompôs, os fragmentos ficaram presos no martelo antes que ele alcançasse as mãos de Jane.

Jane olhou para o martelo em suas mãos.

Mas Gorr não desistia tão fácil. Ele virou o punho da espada em sua mão, e algumas das peças da lâmina voaram do martelo de volta para a Necroespada como se fosse capaz de se reconstruir.

Jane deu uma última olhada para Thor e, antes que fosse tarde demais, ela empurrou o Mjolnir para o céu e carregou o martelo com um para-raios. Um trovão relampeou no ar. Com os olhos brilhando, ela atingiu o chão e detonou uma carga tão grande que o cabo da Necroespada se desintegrou em cinzas na mão de Gorr.

Gorr olhou para a poeira em estado de choque. Então ele olhou para os Portões da Eternidade atrás dele. A luz se derramou através do portal circular.

Jane caiu de joelhos.

— Jane? — perguntou Thor.

— Eu tô bem — ela respondeu, franca. — Você tem que detê-lo.

Thor se virou para ver a silhueta de Gorr tropeçando pelo portão aberto. Conforme Gorr passava, a luz do portal brilhava cada vez mais forte, a ponto de atrapalhar o campo de visão de Thor.

Quando a luz se dissipou, Thor se viu de pé, exatamente como antes. Mas o templo havia desaparecido. Em seu lugar havia um céu azul infinito cheio de nuvens brancas e a luz do sol que se refletia no chão molhado. Jane ainda estava atrás de Thor, lutando para se manter de pé, curvada para a frente.

Gorr estava à frente de Thor, ajoelhado diante da imponente figura da Eternidade. O ser estava sentado em uma pose meditativa, mostrando a silhueta de uma visão do cosmos.

Gorr inclinou a cabeça para trás e estendeu a mão em direção à Eternidade. Ele estava prestes a realizar seu desejo.

Thor deu um passo à frente.

— Gorr, pare!

Lentamente, Gorr se virou para olhar para Thor.

— Que tipo de pai eu seria se eu parasse?

— Eu entendo sua dor — disse Thor. — Mas não precisa ser assim. Não é morte ou vingança que você procura.

Gorr sorriu com ironia.

— E o que eu procuro?

Thor olhou para Jane. Ela havia retornado à sua frágil forma mortal, vestindo o roupão do hospital, ainda tentando se manter de pé.

Thor se virou de novo para Gorr.

— Você procura o amor.

— Amor — Gorr repetiu, como se tivesse esquecido o significado da palavra. — Por que eu deveria buscar o amor?

— Porque é tudo o que qualquer um de nós deseja.

Thor se virou para Jane.

Gorr olhou para Thor com desgosto.

— Como você ousa virar as costas para mim?

— Você venceu, Gorr — Thor disse. — Por que eu passaria meus últimos momentos com você quando posso estar com ela? Eu escolho o amor. Escolha também. Traga ela de volta.

Ela? A expressão de Gorr se suavizou.

— Faça seu pedido. — Thor se virou e foi até Jane. Ele se ajoelhou na água e segurou Jane em seus braços, e tocou no rosto dela.

A visão lembrou Gorr de sua filha em seus momentos finais. O sentimento de amor não passou despercebido por Gorr. Ela era amor. O que era mais do que ele jamais poderia ser. Lágrimas arderam nos olhos de Gorr. Ele segurou o rosto nas mãos enquanto soluçava.

Ele começou a tossir e tocou o peito. Seus olhos se arregalaram quando ele percebeu o que significaria se ele trouxesse sua filha de volta.

— Estou morrendo. Ela não teria ninguém. Ela estaria sozinha.

Jane olhou para Thor por um momento, então compartilhou algo com Gorr sobre seu próprio amor, Thor.

— Ela não estará sozinha.

Um olhar de surpresa passou pelo rosto de Gorr.

Jane olhou novamente para Thor, e Thor assentiu.

Gorr testemunhou a troca. Ele respirou fundo, fechou os olhos e ergueu a mão para a Eternidade.

Ele fez o seu desejo.

Uma estrela dentro da Eternidade começou a brilhar.

A calma se espalhou pelo rosto de Gorr enquanto ele se deliciava com a luz da Eternidade.

THOR: AMOR E TROVÃO

Momentos depois, Gorr acordou com o som de alguém andando na água atrás dele. Ele abriu os olhos enquanto estava deitado ali, de frente para o céu. Sua filha estava ajoelhada, inclinando-se sobre ele. Ela sorriu para ele e tocou sua cabeça. Ela estava saudável e forte.

— Oh! Meu amor — gritou Gorr.

Eles se abraçaram.

— Eu senti tanto a sua falta — disse Gorr, soltando-a.

— Também senti sua falta.

— Sinto muito — Gorr sussurrou.

— Tudo bem.

Thor ainda segurava Jane em seus braços quando Jane voltou a falar.

— Desde que peguei aquele martelo — disse ela em um tom franco. — É como se eu ganhasse uma nova vida. E foi… — Ela lutou para falar. — Mágico. Nada mal para uma humana.

— Nada mal para uma deusa — sussurrou Thor.

Jane respirou fundo.

— Ei, acho que descobri minha frase de efeito.

— Ah, é? — disse Thor. — E qual é?

— Vem cá — Jane sussurrou no ouvido dele.

Eles riram juntos. Thor achou muito bom. Ele a beijou na testa. — É perfeita. A melhor de todas.

— Valeu — Jane respirou fundo enquanto o sorriso de Thor começava a desaparecer. — Mantenha seu coração aberto. — As palavras dela eram sinceras. O que era a vida sem a coisa mais importante? — Eu te amo.

— Eu também te amo.

Eles se beijaram uma última vez e Jane se transformou em pó dourado que flutuou em direção ao céu.

Thor olhou para o céu, com o rosto contraído, sabendo que havia feito a escolha certa. Sua dor era terrível, além de qualquer comparação.

Gorr estendeu a mão em direção a Thor para chamar sua atenção.

— Proteja ela — disse ele, esperando que pudesse ter apenas mais um desejo realizado. — Proteja meu amor.

Ele segurou a mão da filha e fechou os olhos.

A menina olhou para Thor.

Thor devolveu o olhar dela com um sorriso tranquilizador.

Ela sorriu de volta.

Mantenha o coração aberto, Thor lembrou.

Era uma promessa que pretendia cumprir.

CAPÍTULO 20

— Deixe eu contar sobre a lenda da viking espacial — continuou Korg. — Também conhecida como A Poderosa Thor. Também conhecida como Doutora Jane Foster...

Na Nova Asgard, Jane foi homenageada com uma bela estátua da Poderosa Thor levantando o Mjolnir em direção ao céu enquanto observava o mar. O sacrifício de Jane salvou o universo e ensinou a todos o que significa ser uma pessoa digna. Ela ajudou os filhos dos deuses, que abriram caminho a laser de volta ao pacífico vilarejo pesqueiro, que se transformou em destino turístico.

As crianças podiam ser crianças de novo, exceto talvez mais poderosas do que nunca, especialmente depois que seu rei fez com que todas fossem para aulas de autodefesa. Até o filho de Heimdall, Axl Heimdallson, que agora faz aquele lance mágico com os olhos que nem o pai, estava se tornando um guerreiro e tanto, treinado por ninguém menos que Lady Sif.

O futuro de Asgard estava seguro. Até Korg se ocupou forjando seu próprio futuro com seu companheiro de pedra chamado Dwayne, depois que seu corpo voltou a crescer.

E Thor? Ele embarcou em uma nova jornada, porque havia encontrado algo pelo qual viver, alguém para amar — uma pessoa que o transformou de Deus Tristão para Deus Paizão.

Na cozinha de sua nave espacial, Thor usava um avental florido e colocou um prato de panquecas quentinhas na mesa da cozinha.

— O café da manhã está servido!

A filha de Gorr estava lendo o livro de Jane, *A Teoria Foster*. Ela estava usando um moletom verde ao contrário, com o gorro cobrindo a cara. Dois buracos foram feitos no tecido para que ela pudesse enxergar.

— Olá — Thor gentilmente abaixou o gorro dela. — Café da manhã.

Ele deu um tapinha na cabeça dela antes de voltar para a cozinha.

— Com licença — a filha de Gorr disse. — O que é isso?

Ela apontou para a comida estranha.

— São panquecas — respondeu Thor, em frente a bancada da cozinha. — Da Terra.

— Eu acho que não gosto de panquecas.

— Você adora.

Ela levantou o rosto por cima do livro.

— Não adoro não.

— Adora sim.

— Nunca comi isso na vida.

— Vamos lá, só come — disse Thor, ignorando os protestos da garota. — Temos que ir. Você vai se atrasar. Onde estão suas botas?

— Tô usando elas — ela pôs os pés na mesa. Em um pé, calçava uma pantufa de um flamingo de pelúcia. No outro, um tigre.

— Você não vai sair com isso.

— Vou sim.

— Não vai não.

— Vou sim.

— Não vai não.

A filha de Gorr gritou e lançou um raio laser cor-de-rosa com os olhos.

Thor bloqueou o laser com uma frigideira.

— Ah, droga. Era novinha em folha, agora está destruída. Muitíssimo obrigado. — Ele jogou a frigideira na bancada, agitado. — Sabe de uma coisa? Usa o que você quiser. Só não vem reclamar pra mim quando seus pés começarem a doer, tá bom? Não vou dar a mínima pra você.

A filha de Gorr acalmou.

— Tá, tá bom. Vou usar as botas.

— Muito obrigado.

Pouco depois, na porta de saída, cercados por jaquetas penduradas e cestos de sapatos, Thor sentou-se em um banco enquanto a ajudava a amarrar as botas.

— Lembre-se do que minha mãe costumava me dizer — ele disse. — Escute os adultos, e se você vir alguém assustado ou sendo provocado, você ajuda, ok?

— Ok.

— E, acima de tudo, se divirta — Thor deu um tapinha na perna dela, sinalizando que ela estava pronta.

— Pode deixar — ela disse.

— Pode deixar.

Os dois se levantaram.

Thor olhou ao redor.

— Cadê o Mjolnir? Onde eu coloquei ele?

Ela apontou para um cesto, escondido em outro banco.

— Tá ali, dormindo na cama.

— Cama? — Thor puxou o cesto. O Mjolnir havia sido decorado com canetinha colorida. O martelo agora tinha um rosto; olhos, cílios longos, lábios carnudos e bochechas rosadas em formato de coração. — Caramba. Nossa, acho que isso não vai sair. O que você fez?

A filha de Gorr colocou um capacete de bolinha e encarou o próprio reflexo no espelho.

— Ele parecia entediado.

Thor observou o trabalho da garota.

— É, imagino que sim. Eu amei. É bem criativo.

A porta de saída abriu com um zumbido, revelando uma praia e o céu ensolarado em frente a eles.

Thor se agachou para falar com a filha de Gorr, enquanto eles olhavam a paisagem.

— Tá vendo aqueles alienígenas listrados lá embaixo? — Thor apontou. Havia um assentamento de casas de madeira à direita. Os alienígenas corriam e pediam por ajuda.

À esquerda, um exército de guerreiros montados em feras bípedes pareciam prontos para invadir.

A filha de Gorr sorriu.

— Eles são legais.

— Sim, eles são legais — Thor concordou. — É por isso que você tem que ajudá-los.

— Entendi — ela olhou para Thor. — Proteger os legais.

Thor deu mais um tapinha na cabeça dela.

— Te amo, lindinha.

— Te amo também, tio Thor.

De repente, o Rompe-Tormentas voou até eles. Thor pegou o machado no ar sem nem piscar, e entregou-o à garota.

— Pronto.

Empunhando as armas, ambos pareciam estrelas do rock prestes a entrar em uma batalha.

Thor e a menina desceram a rampa da nave e começaram a correr.

Os olhos de Thor brilhavam branco-azulados enquanto vestia a armadura brilhante e a capa vermelha, com a filha de Gorr correndo ao seu lado. Eles saltaram alto no ar e levantaram suas armas.

Korg encerrou o final de sua história.

— Eles sempre estarão lá por nós. O viking espacial e sua garota, nascida da Eternidade, com os poderes de um deus. Dois guerreiros, lutando a boa luta por quem não sabe lutar bem. Eles viajaram muito — continuou Korg. — E receberam muitos nomes. Mas, para aqueles que os conhecem melhor, eles são simplesmente conhecidos como Amor e Trovão.

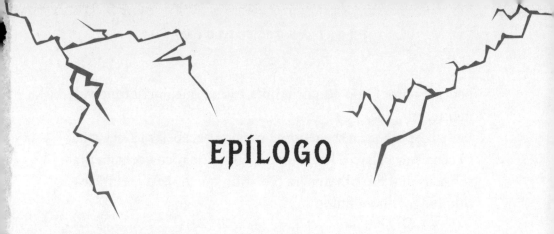

EPÍLOGO

Zeus descansava no trono enquanto sua corte de beldades o ouviam falar. Ele se inclinou para o lado, pesado, e uma donzela cuidou da ferida em seu peito. Outra o abanava gentilmente com um leque de mão.

— Antigamente, ser um deus — disse Zeus — costumava significar algo. As pessoas sussurravam seu nome antes de compartilhar suas maiores esperanças e sonhos. Imploravam por sua misericórdia sem saber se você estava escutando. Agora, sabe, eles olham para o céu e não pedem por um raio. Não pedem por chuva — sacudiu a cabeça enquanto falava. — Só querem ver um de seus supostos Super Heróis. Quando foi que viramos uma piada? — continuou Zeus. — Não... Basta — uma expressão determinada apareceu em seu rosto. — Eles vão nos temer novamente quando Thor Odinson cair do céu — ele olhou para cima e falou com seu filho. — Você escutou, Hércules?

Hércules estava parado em um pedestal e deu uma pancada na palma da mão com uma enorme clava.

— Sim, pai.

Em algum lugar, no alto das nuvens, ainda inalcançável por Zeus, pó dourado caía por um portão circular feito de

pedra e ouro. O pó adquiriu uma forma que, inconfundivel-
mente, era Jane.

Jane olhou ao seu redor, comovida pela beleza à sua volta.
O céu estava claro e havia um caminho de rocha ornamental
sob seus pés. Ela olhou para o vestido que trajava — um vestido longo, fino e fluido.

— Quê?

De onde havia saído aquilo?

Ela ficou boquiaberta ao notar alguém indo em sua
direção.

— Ah, oi! — Ela subiu alguns degraus para cumprimentá-lo.

— Jane Foster — disse o asgardiano.

Jane sorriu. Os olhos dele eram da mesma cor dos de Axl.

— Heimdall?

— Vejo que agora você está morta.

— Ah, é.

— Obrigado por cuidar de meu filho — ele se virou e fez
um gesto para trás. Lá havia prédios majestosos, dourados e
brancos, que pareciam palácios aconchegados nas montanhas.

— Seja muito bem-vinda à terra dos deuses. Seja bem-
-vinda a Valhalla.

THOR RETORNARÁ.